Las lectoras han dicho

«Raine Miller ofrece un magistral y seductor viaje de encuentros eróticos entre sus perfectamente imperfectos personajes».

———

«Desnuda es una obra sexy, inteligente y con mucha acción».

———

«El modo en que se desarrolla la novela, la manera en que se retratan los personajes y el talento de la autora a la hora de escribir es lo que distingue a los libros y lo que los diferencia. ¡Este libro está destinado al éxito!

———

«Raine Miller hace un trabajo increíble al ir aumentando la tensión sexual que se produce en el primer encuentro erótico entre Ethan y Brynne; es un libro impresionante ¡y seguro que no te decepciona!»

———

«El libro me atrapó desde las primeras frases y no pude soltarlo».

———

«Raine Miller me ha dado motivo[s] [de] amar la lectura. Me enganché des[de las] primeras páginas y no pude parar. C[on] personajes tan realistas y tan bien es[critos] va a costar mucho pensar que no son reales. Estoy esperando con ansiedad la continuación de este libro. Gracias, señora Miller, por permitir que el mundo se enamore de Ethan Blackstone».

Desnuda

Desnuda

El affaire Blackstone I

RAINE MILLER

Título original: *Naked. The Blackstone Affaire I*
© 2012, Raine Miller
Publicado originalmente por Raine Miller Romance. Todos los derechos reservados.
© 2012, de la traducción Cora Tiedra
© De esta edición: 2013, Santillana USA Publishing Company, Inc.
2023 N.W. 84th Ave. Doral, FL 33122
Teléfono (305) 591-9522
Fax   (305) 591-7473
www.prisaediciones.com

La autora quiere tener una mención especial para los dueños de aquellas marcas que aparecen en esta novela: Ferragamo; Advil; Power Bar; Land Rover; Range Rover; London Underground; Boots; Sheppy's Cider; Jolly Rancher; Klik-Klaks; Charbonnel et Walker; Tommy Hilfiger Dreaming; University of London; London 2012 Olympic Games; Jimi Hendrix; Eminem; Rihanna; Love the Way You Lie; Crime & Investigation Network; Google; Wikipedia; iPod; Van Gogh Vodka; Djarum Black; Dos Equis; The Knowledge

Diseño de cubierta: The Killion Group

Primera edición: enero de 2013

ISBN: 978-08-8272-211-5

Franziska, mi querida amiga, esto es para ti...

«¡Verdad! Verdad desnuda e innegable es la palabra»
JOHN CLELAND, 1749

Prólogo

Mayo de 2012
Londres

No sé una mierda de política estadounidense. Ni tengo por qué. Soy ciudadano británico y el Parlamento ya es de por sí lo bastante confuso. La política no me interesa mucho. Sin embargo, me veo obligado a trabajar todo el tiempo con las secuelas que dejan los asuntos políticos. Me dedico a la seguridad, tanto privada como para el Gobierno británico. Soy bueno en mi trabajo. Me lo tomo muy en serio. En mi profesión tienes que ser bueno porque cuando no lo eres... alguien muere.

Un congresista estadounidense fallece en un accidente de avión. Noticia seguro. Pero si dicho congresista es el candidato del partido de la oposición a la vicepresidencia y las elecciones son en tan solo unos meses, entonces se convierte en noticia mundial en un segundo y de manera viral. Sobre todo cuando la gente que quiere el poder haría casi cualquier cosa para garantizar que la persona que está al cargo no ocupe nunca un segundo mandato. Desesperados por encontrar un sustituto, el Partido Republicano lógicamente necesitaba rellenar el hueco de su lista de candidatos. Y así fue como la descubrí a ella.

Primero recibí un correo electrónico de su padre. Una voz de mi pasado que me saludaba de manera amistosa y me recordaba todo lo que habíamos conseguido en la vida. De acuerdo. Mi pasado había sido interesante, tanto para lo bueno como para lo malo, y él había llegado a mi vida en los momentos buenos.

Lo que vino a continuación fue una llamada en la que me dijo que tenía una hija viviendo en Londres. Estaba preocupado por su seguridad y trató vagamente de explicarme por qué. Fui educado con él, pero sabía con certeza que no tenía ninguna intención de involucrarme. Estaba hasta arriba de trabajo. Encargarme de la seguridad VIP de los Juegos de la XXX Olimpiada de Londres 2012 consumía todo mi tiempo y no tenía ni un segundo libre para la hija de un tipo que conocí en un torneo de póquer hacía más de seis años.

Le dije que no. Estaba incluso preparado para recomendarle, como un favor personal, otra empresa de seguridad cuando él jugó su mano. Los jugadores de póquer saben cuándo jugar sus manos.

En su segundo correo electrónico me mandó una foto de ella.

Esa foto lo cambió todo. Después de verla dejé de ser el mismo y no pude volver a ser el hombre que era antes. No después de que nos conociéramos aquella noche en la calle. Todo mi mundo se alteró por culpa de una fotografía. La fotografía de mi preciosa chica americana.

Capítulo
1

Que mi madre no pueda ver esto ahora mismo es algo verdaderamente bueno. Le daría un infarto. He venido a la exposición de Benny esta noche porque le dije que lo haría y porque sé lo importante que es para él. También es importante para mí. Solo quiero lo mejor para mi amigo, del mismo modo que él solo quiere lo mejor para mí. En los últimos tres años Benny ha estado a mi lado para consolarme, beber conmigo, compadecerse de mí e incluso para ayudarme a pagar el alquiler de vez en cuando dándome trabajo. Bueno, por eso y por el hecho de que él me hizo la fotografía del cuadro que estoy mirando en este momento. Y es una foto de mi cuerpo desnudo.

Posar como modelo de desnudos no es lo que siempre soñé que sería el trabajo de mi vida ni mucho menos, pero es una manera de ganar un poco de dinero extra para pagar mis préstamos universitarios. Y últimamente me han estado haciendo ofertas otros fotógrafos. Benny me dijo también que me preparara porque se iba a despertar más interés, por lo de la exposición de esta noche. «La gente va a preguntar por la modelo. Dalo por hecho, Brynne». Ese es mi Benny, siempre tan optimista.

Doy un sorbo a mi champán y contemplo la imagen realmente enorme que está colgada en la pared de la galería. Benny tiene talento. Para ser hijo de refugiados somalíes que empezaron con menos que nada en Reino Unido sabía cómo hacer una foto. Me hizo posar boca arriba con la cabeza girada a un lado, el brazo sobre el pecho y los dedos de la mano entreabiertos entre las piernas. Quiso que tuviera el pelo alborotado, las piernas en posición vertical y mi sexo tapado. Me puse un tanga para la foto pero no se ve. No se muestra nada que pudiera clasificar la imagen de porno. El término correcto en cualquier caso es «fotografía de desnudo artístico». O me fotografiaban con gusto o no lo hacía. Bueno, lo cierto es que esperaba que mis fotos no fueran a parar a webs porno, pero hoy en día nadie lo puede saber con certeza. Yo no hacía fotos porno. Apenas tenía sexo.

—¡Aquí está mi chica! —Los grandes brazos de Benny envolvieron mis hombros y apoyó la barbilla encima de mi cabeza—. Es increíble, ¿no? Y tienes los pies más bonitos del planeta.

—Todo lo que haces se ve bonito, Ben, hasta mis pies. —Me di la vuelta y le miré—. ¿Y has vendido algo ya? Deja que reformule la pregunta: ¿*cuántos* has vendido?

—Por ahora tres y creo que este se va a vender muy pronto. —Ben me guiñó un ojo—. No seas descarada, pero ¿ves a ese tipo alto con el traje gris y pelo negro que está hablando con Carole Andersen? Ha preguntado por él. Parece que se ha quedado maravillado con tu espectacular cuerpo desnudo. Seguramente vaya a ejercitar mucho la mano en cuanto tenga el cuadro para él solito. ¿Cómo te hace sentir eso, Brynne, cariño? Un tipo rico haciéndose una paja mientras contemplaba tu imponente belleza.

—¡Cállate! —Le puse mala cara—. Eso es sencillamente asqueroso. No me digas cosas así o tendré que dejar de aceptar trabajos. —Incliné la cabeza y negué con ella—. Menos mal que te quiero, maldita sea, Benny Clarkson. —Ben podía decir la cosa más grosera del mundo y conseguir que sonara correcta y refinada. Debe de ser su acento inglés. Dios, hasta Ozzy Osbourne sonaba educado a veces gracias a ese acento.

—Pero tengo razón —replicó Ben mientras me daba un beso en la mejilla—, y lo sabes. Ese tío no ha parado de mirarte desde que entraste contoneándote. Y no es gay.

Me quedé mirando a Benny boquiabierta.

—Está bien saberlo, gracias por la aclaración, Ben. ¡Y yo no me contoneo!

Soltó esa sonrisita pícara y juguetona tan característica de él.

—Créeme, si me mirara a mí así ya me habría ofrecido para hacerle una mamada en el cuarto de atrás. Está buenísimo.

—Vas a ir al infierno, ¿lo sabes? —Eché un vistazo disimuladamente y miré al comprador. Benny tenía razón; ese tío estaba cañón desde las suelas de sus Ferragamos hasta la punta de su pelo oscuro ondulado. Casi metro noventa, musculoso, seguro de sí mismo, rico. No podía verle los ojos porque estaba hablando con la dueña de la galería. ¿Sobre mi foto tal vez? Difícil de decir, pero de todas maneras daba igual. Aunque la comprara no iba a volver a verle.

—¿Tengo razón, eh? —Ben me vio mirarle y me dio un codazo en las costillas.

—¿Sobre lo de las pajas? ¡Ni de broma, Benny! —Negué con la cabeza lentamente—. Es demasiado guapo como para tener que recurrir a su mano para tener un orgasmo.

Y entonces ese hombre tan guapo se giró y me miró. Sus ojos atravesaron la sala y se clavaron en mí como si hubiera escuchado lo que acababa de decirle a Benny. Eso era imposible, ¿no? Me siguió observando y al final tuve que bajar la mirada. De ninguna manera podía competir con el nivel de intensidad, o con lo que demonios fuera eso que llegaba hasta mí desde donde él estaba. Sentí de inmediato la necesidad de huir. La seguridad era lo primero.

Me acabé el champán de otro trago.

—Ahora me tengo que ir. Y la exposición es fantástica. —Abracé a mi amigo—. ¡Vas a ser famoso en el mundo entero! —le dije sonriendo—. ¡Dentro de unos cincuenta años!

Benny se rio mientras me dirigía a la puerta.

—¡Llámame, reina!

Le dije adiós con la mano sin darme la vuelta y salí. La calle estaba abarrotada para ser Londres un día de diario. Los inminentes Juegos Olímpicos habían convertido la ciudad en una absoluta maraña de personas. Tardaría años en encontrar un taxi. ¿Debería arriesgarme y caminar hasta la estación de metro más cercana? Me miré los tacones, que quedaban genial con mi vestido, pero que claramente estaban muy lejos de ser lo más cómodo para andar. Y si cogía el metro todavía tendría que caminar un par de manzanas en mitad de la oscuridad hasta llegar a mi piso. Mi madre me diría que no lo hiciera, por supuesto. Pero, de nuevo, mi madre no estaba aquí en Londres. Mi madre se encontraba en San Francisco, donde yo no quería estar. *Que le den*. Empecé a caminar.

—Es una malísima idea, Brynne. No te la juegues. Déjame que te acerque.

Me quedé de piedra en mitad de la calle. Sabía quién me estaba hablando aunque no había escuchado su voz antes. Me giré poco a poco hasta quedarme frente a los ojos que se habían clavado en mí en la galería.

—No te conozco de nada —le dije.

Él sonrió y sus labios se levantaron más por un lado que por el otro de su boca, que estaba rodeada por una perilla. Señaló su coche junto a la acera, un elegante Range Rover HSE negro. El tipo de todoterreno que solo se pueden permitir los británicos con dinero. No es que no me hubiera dado cuenta antes de que tenía dinero, pero esto era jugar en otra liga.

Tragué saliva con dificultad. Sus ojos eran azules, muy claros y penetrantes.

—¿Solo porque te sabes mi nombre esperas que…, que me monte en un coche contigo? ¿Estás loco?

Él caminó hacia mí y alargó la mano.

—Ethan Blackstone.

Miré su mano con fijeza, tan sumamente elegante con el puño blanco enmarcando la manga gris de su chaqueta de diseño.

—¿Cómo es que sabes mi nombre?

—Acabo de comprar una obra titulada *El reposo de Brynne* en la Galería Andersen por una bonita suma de dinero hace menos de quince minutos. Y estoy completamente seguro de que no tengo ninguna discapacidad mental. Suena más políticamente correcto que *loco,* ¿no crees? —Siguió con la mano extendida.

Acerqué la mano y la cogió. Oh, fue increíble. O quizá se me había ido la cabeza porque le estaba dando la mano a un extraño que acababa de comprar un cuadro enorme de mi cuerpo desnudo. Ethan tenía un pulso firme. Y sexy también. ¿Me lo había imaginado o me había acercado a él? O *quizá* era yo la loca porque mis pies no se habían movido ni medio centímetro. Sus ojos azules estaban más cerca de mí que hacía un segundo y podía oler su colonia. Algo tan deliciosamente divino que era un pecado oler tan bien y ser humano.

—Brynne Bennett —dije.

Me soltó la mano.

—Y ahora que nos conocemos… —continuó, señalándome primero a mí y luego a sí mismo—. Brynne, Ethan. —Movió la cabeza hacia su Range Rover—. Ahora, ¿me dejas llevarte a casa?

Volví a tragar saliva.

—¿Por qué te molestas tanto?

—¿Porque no quiero que te pase nada? ¿Porque esos tacones te quedan estupendos pero debe de ser un infierno caminar con ellos? ¿Porque es peligroso para una mujer andar sola por la noche en medio de la ciudad? —Sus ojos recorrieron mi cuerpo—. Sobre todo para una mujer como tú. —Su boca se levantó ligeramente por un lado de nuevo—. Por muchas razones, señorita Bennett.

—¿Y si no estoy a salvo contigo? —Enarcó una ceja—. Sigo sin conocerte o sin saber nada de ti, o si Ethan Blackstone es tu verdadero nombre. —*¿Me acababa de poner mala cara?*

—En eso tienes razón. Y es algo que puedo solucionar fácilmente. —Se metió la mano en el bolsillo de la chaqueta y sacó un carné de conducir con su nombre, Ethan James Blackstone. Me dio una tarjeta de visita con el mismo nombre y en la que ponía «Seguridad Internacional Blackstone S.A.» grabado en la cartulina—. Puedes quedártela. —Volvió a sonreír—. Estoy muy ocupado con mi trabajo, señorita Bennett. No tengo ni medio segundo para que mi hobby sea ser asesino en serie, te lo prometo.

Me reí.

—Muy bueno, señor Blackstone. —Me metí su tarjeta en el bolso—. Está bien. Me monto. —Volvió a levantar las cejas y a sonreír otra vez con la comisura de la boca.

Me estremecí por dentro por el doble sentido de «montar» y traté de concentrarme en lo incómodos que eran mis zapatos como para andar hasta la estación de metro y en lo buena idea que era dejar que me llevara en coche.

Me empujó suavemente con la mano en la parte inferior de la espalda y me llevó hasta la acera.

—Entra. —Ethan dejó que me acomodara y luego caminó al otro lado de la calle, deslizándose detrás del volante sigiloso como una pantera. Me miró e inclinó la cabeza—. ¿Y dónde vive la señorita Bennett?

—En Nelson Square, Southwark.

Frunció el ceño y luego apartó la cara para incorporarse a la carretera.

—Eres americana.

¿Qué pasa? ¿No le gustaban los americanos?

—Estoy aquí con una beca de la Universidad de Londres. En un programa de posgrado —añadí, preguntándome a mí misma por qué sentía la necesidad de contarle mi vida.

—¿Y lo de ser modelo?

En cuanto me hizo la pregunta aumentó la tensión sexual. Hice una pausa antes de responder. Sabía lo que estaba haciendo exactamente:

imaginándome en la foto. Desnuda. Y a pesar de lo incómoda que me sentía, abrí la boca y le dije:

—Esto, posé..., posé para mi amigo, el fotógrafo Benny Clarkson. Me lo pidió y me ayuda a pagar las facturas, ya sabes.

—La verdad es que no mucho, pero me encanta tu retrato, señorita Bennett. —Mantuvo la vista en la carretera.

Me puse tensa con ese comentario. ¿Quién demonios era él para juzgar lo que hago para ganarme la vida?

—Bueno, nunca he tenido mi propia empresa internacional como tú, señor Blackstone. Recurrí a lo de ser modelo. Me gusta más dormir en una cama que en un banco del parque. Y la calefacción. ¡Los inviernos aquí joden mucho! —El retintín de mi voz era evidente hasta para mis propios oídos.

—En mi opinión hay muchas cosas que *joden.* —Se giró y me lanzó una mirada experta con sus ojos azules.

El modo en el que dijo «joden» hizo que me entrara un cosquilleo de una manera que no dejaba lugar a dudas de lo buena que era mi capacidad de fantasear. Puede que no tenga toneladas de experiencia práctica entre las sábanas, pero mis fantasías no sufren ni un ápice por falta de uso.

—Bueno, estamos de acuerdo en algo entonces. —Me llevé los dedos a la frente y me la froté. La imagen del pene de Ethan y la palabra «joder» en el mismo espacio de mi cerebro eran excesivos en este momento.

—¿Dolor de cabeza?

—Sí. ¿Cómo lo sabes?

Aminoramos la velocidad ante un semáforo y me miró; sus ojos subieron de mis muslos a mi cara con un ritmo lento, medido.

—Mera intuición. No has cenado, te has tomado tan solo el champán que te bebiste de un trago en la galería y ahora es tarde y tu cuerpo está protestando. —Volvió a levantar las cejas—. ¿Me he acercado?

Tragué saliva, deseando beber agua desesperadamente. *Bingo, señor Blackstone. Me lees el pensamiento como si fuera un cómic barato. Quienquiera que seas, eres bueno.*

—Solo necesito dos aspirinas y un poco de agua y estaré bien.

Él negó con la cabeza.

—¿Cuándo fue la última vez que comiste algo, Brynne?

—¿Volvemos entonces a los nombres de pila otra vez? —Me lanzó una mirada neutral pero notaba que estaba molesto—. Desayuné tarde, ¿vale? Me haré algo cuando llegue a casa. —Miré por la ventana. La luz del semáforo debía de haber cambiado porque empezamos a avanzar de nuevo.

Los únicos sonidos los emitía su cuerpo cuando giraba al tomar la curva. Y era un sonido demasiado sexy como para poder mantener los ojos apartados durante mucho tiempo. Me arriesgué a mirarle. De perfil, Ethan tenía una nariz bastante prominente, pero en él daba igual, seguía siendo muy guapo.

Ignorándome ahora y actuando como si no estuviera a medio metro de él, condujo de manera eficiente. Ethan parecía conocerse Londres porque no me pidió en ningún momento ninguna indicación. Sin embargo podía olerle y la fragancia me afectaba a la cabeza. Realmente necesitaba salir de ese coche.

Hizo un ruido brusco y paró en un pequeño centro comercial.

—Quédate aquí. Solo será un minuto. —Su voz sonaba un poco tensa. Mucho más que un poco, de hecho. Todo en él encerraba tensión. Y autoridad. Como si te dijera lo que tenías que hacer y que ni se te ocurriera llevarle la contraria.

El calor de su coche y su acogedor asiento de cuero eran muy agradables bajo la fina falda que llevaba puesta esa noche. Ethan tenía razón sobre una cosa: me habría muerto caminando hasta el metro. Por lo que aquí estaba, sentada en el coche de prácticamente un extraño que me había visto desnuda, que me había casi obligado a llevarme en coche y que ahora estaba saliendo de la tienda con una bolsa en la mano y una mirada seria. Toda la situación era más que rara.

—¿Qué necesitabas comprar?

Me acercó con decisión una botella de agua a la mano y abrió un sobre de aspirinas. Cogí las dos cosas sin decir ni una palabra, sin importarme que me viera tomarme de un trago las pastillas. El agua desapareció en menos de un minuto. Entonces me puso una barrita de proteínas en la rodilla.

—Cómetela ahora. —Su voz tenía ese tono de «conmigo no se juega»—. Por favor —añadió.

Suspiré y abrí la barrita energética PowerBar de chocolate blanco. El crujido del envoltorio llenó el silencio del coche. Le di un mordisco y mastiqué despacio. Sabía de maravilla. Lo que me había traído era lo que necesitaba. Desesperadamente.

—Gracias —susurré sintiéndome de repente muy sensible y con unas ganas de llorar cada vez más fuertes. Me contuve lo mejor que pude. También mantuve la cabeza gacha.

—Un placer —contestó con suavidad—, todo el mundo necesita lo básico, Brynne. Comida, agua…, una cama.

Una cama. La tensión sexual había vuelto, o quizá nunca se había ido. Ethan parecía tener el don de hacer que una palabra inocente sonara como el sexo apasionado, alucinante y acalorado que recuerdas durante mucho, mucho tiempo. Estaba sentado a mi lado y no arrancó hasta que me terminé toda la barrita de proteínas.

—¿Cuál es tu dirección? —preguntó.

—Franklin Crossing, número 41.

Ethan salió con el coche del pequeño centro comercial y volvió a la carretera que me acercaba a mi piso con el girar de las llantas. Me vibró el teléfono en el bolso. Lo saqué y vi que me había llegado un mensaje de Benny.

Ben Clarkson: llegast bien a ksa?
<fin sms>

Le respondí un rápido «Síí» y volví a cerrar los ojos. Sentía cómo la jaqueca empezaba a remitir. Me encontraba más relajada de lo que había estado en horas.

El agotamiento me pudo, imagino, porque de lo contrario nunca me habría permitido quedarme dormida en el coche de Ethan Blackstone.

Capítulo

2

Alguien olía muy bien mientras me tocaba. Pude oler la colonia y sentir el peso de una mano en mi hombro. Pero el miedo se apoderó de mí de todas maneras. La explosión de terror que me hacía volver en mí de golpe llegó en el momento justo. Sabía lo que era pero aun así el pánico me dominaba. Debería reconocerlo. Era un sentimiento que ya llevaba años acompañándome.

—Brynne, levántate.

Esa voz. ¿Quién era? Abrí los ojos y delante de mí tenía el azul intenso de los ojos de Ethan Blackstone a menos de quince centímetros. Empujé hacia atrás el asiento para poner más distancia entre esa preciosa cara y yo. Ahora lo recordaba. Compró mi foto la otra noche. Y me llevó a casa.

—¡Mierda!, lo siento. ¿Me he quedado dormida? —Busqué a tientas el manillar de la puerta pero no conocía su coche. Me moví a ciegas para salir, para salir de ahí.

La mano de Ethan salió disparada y cubrió la mía, agarrándola con firmeza.

—Tranquila. Estás a salvo, no pasa nada. Solo te quedaste dormida. Solo eso.

—Vale…, lo siento. —Respiré profundamente, miré por la ventana y luego a él otra vez, que seguía observando cada uno de mis movimientos.

—¿Por qué sigues pidiendo perdón?

—No sé —susurré. Sí lo sabía, pero no podía pensar en eso en ese momento.

—¿Estás bien? —Sonrió despacio mientras ladeaba la cabeza. Estoy segura de que le gustaba ponerme nerviosa. Yo no tenía claro si a mí me pasaba lo mismo. Necesitaba acabar con esa situación inmediatamente, antes de decir que sí a otras cosas. Algo del tipo: *Quítate la ropa y túmbate en el gran asiento trasero de mi Range Rover, Brynne*. Ese hombre tenía un don a la hora de controlarme que me ponía realmente nerviosa.

—Gracias por traerme. Y por el agua. Y por lo dem…

—Cuídate, Brynne Bennett. —Apretó un botón y se levantaron los seguros—. ¿Tienes la llave a mano? Esperaré hasta que estés dentro. ¿Qué planta es?

Saqué la llave del bolso y metí el teléfono, que estaba en mi regazo.

—Vivo en el estudio del último piso, en la quinta planta.

—¿Compartes piso?

—Eh, sí, pero seguramente no esté. —De nuevo, me preguntaba por qué me iba de la lengua y le daba información personal a prácticamente un extraño.

—Esperaré a ver la luz entonces. —La cara de Ethan era muy difícil de descifrar. No tenía ni idea de lo que estaba pensando.

Abrí la puerta y salí.

—Buenas noches, Ethan Blackstone. —Dejé el coche junto a la acera y me dirigí a la entrada del edificio, al tiempo que sentía cómo clavaba los ojos en mí mientras caminaba. Cuando metí la llave en la puerta miré por encima del hombro el Range Rover. Las ventanas eran tan oscuras que no podía ver el interior, pero él estaba ahí, esperando a que entrara en mi edificio para poder irse.

Abrí la puerta del portal y tenía cinco pisos por delante. Me quité los tacones y me quedé descalza. Nada más entrar en mi apartamento encendí las luces y cerré la puerta. Me derrumbé literalmente contra la puerta de madera en busca de apoyo. Mis tacones hicieron ruido al caer al suelo y solté un enorme suspiro. *¿Qué demonios acababa de pasar?*

Me llevó un minuto apartarme de la maldita puerta y volver a la ventana. Corrí la cortina con un dedo y vi que su coche se había ido. Ethan Blackstone se había ido.

Salir a correr ocho kilómetros era justo lo que necesitaba para ayudarme a despejar mi cabeza de la nebulosa —Alicia en el País de las Maravillas dentro de una maldita madriguera— del trayecto de la noche anterior. En serio que sentí que también había vivido eso de «Cómeme» y «Bébeme». Dios, ¿me habían echado drogas en el champán? Me había comportado como si así fuera. Dejar que un desconocido me llevara en su coche, me dejara en mi casa y controlara lo que comía… La verdad es que fue estúpido y me dije a mí misma que era hora de olvidarme de eso y de él. La vida ya resultaba lo bastante complicada como para buscarme problemas.

Eso es lo que siempre me decía mi tía Marie. Imaginarme cómo reaccionaría ante mi trabajo como modelo me hizo sonreír. Sabía con absoluta certeza que a mi tía abuela le importarían menos mis fotos de desnudos que a mi propia madre. Tía Marie no era una mojigata. Encendí el iPod y me puse en marcha.

Enseguida el extraño encuentro de la noche anterior retumbaba contra el suelo londinense del puente de Waterloo. Era agradable hacer ejercicio físico y salir a correr. Deben de ser las endorfinas. Me maldije por dentro por haber hecho otra referencia sexual y me pregunté si ese era mi problema y la razón por la que anoche le permití tanto a Ethan. Quizá necesitaba un orgasmo. *Estás muy jodida*. Sí, y simplemente me podía imaginar la versión literal y figurada de tal afirmación.

Seguí todo recto y crucé para adentrarme en el camino junto al Támesis, que avanzaba pegado al gran río. El iPod también me ayudó. La música tiene el poder de borrarte el cerebro. Con Eminem y Rihanna discutiendo y mintiendo por amor en mis oídos mantuve el paso firme y admiré la arquitectura por la que pasaba. La historia de una ciudad tan antigua como Londres era enorme y sin embargo contrastaba con la bulliciosa y moderna potencia mundial que era, logrando un perfecto equilibrio. Dualidad. Me encantaba vivir aquí.

Ser modelo no era mi único trabajo. Todos los estudiantes matriculados en el posgrado de Restauración de Arte en la Universidad de Londres tenían la obligación de hacer prácticas en la Galería Rothvale en la Casa Winchester. La mansión del siglo XVII del duque de Winchester había albergado el Departamento de Arte de la Universidad de Londres durante cincuenta años y en mi opinión no existía un lugar en el mundo más bonito en el que estudiar.

De camino a la entrada del personal, enseñé mi identificación al guardia de seguridad y de nuevo para entrar en los estudios de restauración.

—Señorita Brynne, que tenga un buen día.

—Rory. Tan educado y formal. Yo seguía esperando que alguna vez me dijera algo diferente. *¿Se* *tiró anoche a un millonario obsesionado con tener siempre el control, señorita Brynne?*

—Hola, Rory. —Le dediqué mi mejor sonrisa y me dejó pasar.

Me mantuve concentrada y atenta durante mi trabajo. El cuadro era una preciosidad; una de las primeras obras de Mallerton titulado sencillamente *Lady Percival*. Una mujer absolutamente evocadora con el cabello casi negro, un vestido azul que hacía juego con sus ojos, un libro en la mano y el cuerpo más espectacular que podía desear una mujer ocupaban la mayor parte del lienzo. No era tanto su belleza sino su expresividad. Deseaba con todas mis fuerzas conocer su historia. El cuadro había sufrido daños debido al calor sufrido durante un incendio en los años sesenta y no se había vuelto a tocar desde entonces. Lady Percival necesitaba una dosis de cuidados y amor y yo iba a ser la afortunada que se los daría.

Estaba a punto de hacer un descanso cuando me sonó el teléfono. ¿Llamada de un número desconocido? Me pareció extraño. No le había dado mi número a nadie y la agencia Lorenzo que me representaba como modelo tenía estrictas normas de divulgación de datos.

—¿Dígame?

—Brynne Bennett. —La cadencia sexy de una voz británica me impregnó de lleno.

Era él. Ethan Blackstone. No tenía ni la menor idea de cómo podía ser posible. O por qué me llamaba, pero era él con su sexy acento al otro lado de la línea telefónica. Reconocería esa voz autoritaria en cualquier parte.

—¿Cómo conseguiste mi número?

—Me lo diste anoche. —Oí cómo su voz se fue apagando y supe que estaba mintiendo.

—No —dije lentamente, tratando de poner freno a mi acelerado pulso—. Yo no te di mi número anoche. —¿Por qué me estaba llamando?

—*Puede* que cogiera tu teléfono por accidente mientras tú dormías… y que me llamara al móvil con él. Me distrajo el hecho de que estuvieras deshidratada y muerta de hambre. —Oí unas voces amortiguadas de fondo, como si estuviera en una oficina—. Es muy fácil coger el teléfono equivocado, todos se parecen.

—Así que cogiste mi teléfono y te llamaste para tener mi número en tu registro de llamadas. Eso es un poco raro, señor Blackstone. —Estaba empezando a cabrearme con míster señor alto, moreno y macizo de ojazos azules por no saber dónde estaba el límite.

—Por favor, llámame Ethan, Brynne. Quiero que me llames Ethan.

—Y yo quiero que respetes mi privacidad, *Ethan*.

—¿Eso quieres, Brynne? Yo creo que estás muy agradecida de que te llevara a casa anoche y parecía que también te gustó tu *cena*. —Hizo una pausa durante unos segundos—. Me diste las gracias. —Más silencio—. En tu estado nunca hubieras llegado a casa a salvo.

¿En serio? Sus palabras me llevaron directamente de vuelta a las abrumadoras emociones que sentí anoche cuando me compró el agua y las aspirinas. Y por mucho que odiara admitirlo, él tenía razón.

—Vale…, mira, Ethan, te debo una por llevarme a casa anoche. Fue una buena idea y te agradezco tu ayuda, pero…

—Entonces cena conmigo. Una cena en condiciones, preferiblemente nada que esté envuelto en plástico o en papel de plata…, y por supuesto que no sea en mi coche.

—Oh, no. Perdona, pero no creo que sea una buena ide…

—Acabas de decir: «Ethan, te debo una por llevarme en coche» y eso es lo que quiero: que cenes conmigo. Esta noche.

Mi corazón latía con más fuerza. *No puedo hacer esto.* Él me afectaba de una manera realmente extraña. Me conocía a mí misma lo suficiente como para darme cuenta de que Ethan Blackstone era territorio peligroso para una chica como yo: un tiburón blanco hambriento y deseoso de comerse a una nadadora solitaria en una cala.

—Esta noche tengo planes —solté sin pensar. Una completa mentira.

—Mañana entonces.

—Eh, eh, no puedo. Tengo que trabajar a última hora de la tarde y las sesiones de fotos siempre me dejan agotada...

—Perfecto. Te iré a buscar a la sesión de fotos, te daré de comer y te meterás en la cama temprano.

—¡No haces más que interrumpirme cuando hablo! No puedo pensar con claridad cuando empiezas a darme órdenes, Ethan. ¿Eres así con todo el mundo o yo soy especial? —No me gustaba nada cómo había llevado la conversación tan rápido a su terreno. Era desesperante. Y lo que significara eso de meterme en la cama temprano me hizo imaginar todo tipo de pensamientos prohibidos.

—Sí… y sí, Brynne, lo eres. —Pude sentir la sexualidad manar de su voz por el teléfono y me cagué de miedo—. Y soy un completo idiota por formularte así la pregunta. —*Bien por ti, Brynne. Ethan piensa que eres especial.*

—Ahora tengo que volver a trabajar. —Mi voz sonó muy insegura. Me di cuenta. Me acababa de desarmar así de fácil. Volví a intentarlo—. Gracias por la oferta, Ethan, pero no puedo…

—… decirte que no —me interrumpió—. Por eso iré a buscarte a la sesión de fotos mañana para ir a cenar. Has reconocido que me debes un favor y te lo estoy pidiendo ahora. Eso es lo que quiero, Brynne.

¡El muy cabrón acababa de volver a hacerlo! Suspiré con fuerza y dejé que se prolongara el silencio durante un momento. No iba a darme por vencida así de fácil.

—¿Sigues ahí, Brynne?

—¿Así que ahora quieres que hable? Seguro que cambias de opinión enseguida. Cada vez que hablo me interrumpes. ¿Acaso tu madre no te enseña modales, Ethan?

—No pudo. Mi madre murió cuando yo tenía cuatro años.

Mierda.

—Ah, bueno, eso lo explica todo entonces. Lo siento mucho. Mira, Ethan, de verdad que tengo que volver al trabajo. Cuídate. —Le eché narices y colgué.

Apoyé la cara en la mesa de trabajo y descansé durante un minuto, o cinco. Ethan podía conmigo. No sé cómo lo conseguía pero así era. Al final me levanté de la silla y me dirigí a la sala de descanso. Cogí la taza más grande que pude encontrar, la llené con una burrada de leche condensada, azúcar y una cantidad moderada de café. Quizá un chute de cafeína/hidratos de carbono me ayudaría, o me dejaría en coma.

Miré hacia mi espacio de trabajo y vi a la cautivadora lady Percival preparada y esperándome, elegante y tranquila tal y como llevaba haciendo durante más de un siglo. Con el café en la mano, volví a ella y me puse a limpiar la suciedad del libro que con tanto cuidado tenía sujeto contra su pecho.

Capítulo

3

La preciosa piel morena de Benny tenía un aspecto maravilloso en contraste con el amarillo pálido de la camisa que cubría su musculoso cuerpo. Benny desprendía confianza en todos los aspectos de su vida. Totalmente optimista. Ojalá pudiera ser un poco como él. Lo había intentado con todas mis fuerzas pero digamos sencillamente que mis intentos daban pena.

—Así que este tipo, Ethan, está tratando de montárselo contigo, ¿eh? Vi cómo te miraba, Brynne. *No* te quitaba ojo ni un segundo —murmuró Ben—, y no le culpo.

Benny siempre ha sido así de mono. Mi apoyo cuando necesito un hombro sobre el que llorar. Había tratado de mantener la conversación en torno a su fotografía y a la exposición de la galería, pero él seguía volviendo una y otra vez al tema de Ethan.

—Sí, bueno, posee el don de querer tener siempre la razón y eso no me gusta, Ben. —Mojé mi patata frita en un poco de salsa alioli y me la metí en la boca—. Y, por cierto, gracias por convertirme en una mujer sincera esta noche. —Me comí otra patata—. Le dije a Ethan que tenía planes, lo que era una completa mentira hasta que me llamaste.

Ben me apuntó con una patata y sonrió.

—¿Por eso casi te abalanzaste sobre mí por teléfono?

Le di un trago a mi sidra Sheppy's, incapaz de seguir comiendo la hamburguesa y las patatas.

—Gracias por la invitación, amigo mío. —Incluso a mis propios oídos sonaba como un muermo.

—¿Por qué no quedas con él? Está muy bueno. Le vuelves loco. No cabe duda de que puede permitirse que os lo paséis en grande. —Benny me cogió la mano y llevó sus suaves labios a mi piel—. Necesitas un poco de diversión, cielo. O un buen revolcón. Todo el mundo lo necesita de vez en cuando. ¿Hace cuánto que no…?

Aparté la mano y di otro trago a mi Sheppy's.

—No voy a hablar de la última vez que eché un polvo, Ben. No sabes dónde está el límite, ¿no?

Me miró paciente.

—Definitivamente necesitas un orgasmo, cariño.

Ignoré su comentario.

—Él es simplemente demasiado…, esto…, yo…, ese…, ese tío es tan sumamente intenso, maldita sea. Sus palabras, lo que hace, cómo levanta las cejas, esos ojos azules… —Me llevé el dedo a la sien como si fuera una pistola y apreté el gatillo—. No puedo pensar cuando empieza a dar órdenes.

Me di cuenta de que Ben también había apartado su plato.

—Listo para irte, ¿no?

—Sí. Vamos a dejar a tu sexualmente frustrada vagina en casa. A lo mejor puedes tener una cita con tu vibrador y eso te ayuda.

Le di una patada por debajo de la mesa.

Durante el recorrido en taxi hasta mi casa pensé en el trayecto en el coche de Ethan la anoche anterior. Obviamente me sentí lo bastante cómoda como para quedarme dormida. Eso había sido un completo shock. Yo *nunca* hago cosas como esas. Jamás. Teniendo en cuenta mi pasado, bajar la guardia con extraños no era una opción a contemplar, y menos quedarme dormida. Pero, entonces, ¿por qué lo había hecho con Ethan? ¿Era por lo bueno que está? La verdad es que solo le había visto la cara pero era evidente que debajo de su traje de seda había un cuerpazo. Ese hombre lo tenía todo a su favor. ¿Por qué estar conmigo cuando evidentemente podía estar con quien quisiera?

—Entonces ¿mañana tienes una sesión de fotos de estudio en Lorenzo?

—Sí. —Abracé a Ben—. Gracias por recomendarme, peque, y por la cena. Eres el mejor. —Le di un beso en la mejilla—. *Vaya con Dios*, tío bueno.

—¡Me encanta cuando pones ese acento, cariño! —Benny se llevó las manos al pecho—. ¡Hazlo más! Quiero impresionar a Ricardo la próxima vez que esté en la ciudad.

Dejé a Ben en el taxi con una sonrisa en la cara y le lancé un beso. Subí hasta mi pisito, que amo y adoro, me metí en la ducha en menos de cinco minutos y en el pijama diez minutos después. Acababa de dejar el cepillo de dientes en su sitio cuando sonó el teléfono. *Mierda*. Ethan.

Le di a aceptar y le eché valor para hablar.

—Ethan.

—Me gusta cuando pronuncias mi nombre, así que supongo que te perdonaré por colgarme antes. —Su lenta y elegante voz británica me invadió, lo que me hacía más consciente de su masculinidad y de la posibilidad de sexo al instante.

—Siento haberte colgado. —Esperé a que dijera algo pero no lo hizo. Todavía no había aceptado salir con él y los dos lo sabíamos.

Finalmente preguntó:

—Bueno, ¿y qué tal fueron tus planes de esta noche? —Podía imaginarme esa boca suya fruncida a causa del enfado.

—Estuvieron bien, muy bien. De hecho, acabo de llegar de… cenar.

—¿Y qué pediste para cenar, Brynne?

—¿Por qué te lo tendría que decir, Ethan?

—Porque así puedo aprender lo que te gusta.

—¡Y, así como así, acababa de volver a hacerlo! Acabar con mi actitud defensiva con unas cuantas palabras llenas de insinuaciones sexuales como siempre. Y haciéndome sentir como una imbécil.

—Tomé una hamburguesa vegetariana, patatas y una sidra Sheppy's. —Me relajé un poco y suavicé el tono.

—¿Eres vegetariana?

—Para nada. Me encanta la carne, quiero decir, como… carne… todo el tiempo.

Santo cielo. La breve sensación de relax se desvaneció al instante y volvía a tartamudear como una adolescente.

Ethan se rio al otro lado del teléfono.

—¿Así que una buena selección de carnes y unas Sheppy's sería un buen menú para ti?

—Eh, nunca he dicho que saldría contigo. —Cerré los ojos.

—Pero lo vas a hacer. —Su voz me afectaba. Incluso por teléfono, sin el sentido de la vista, me forzaba a querer aceptar volver a verle. Volver a mirarle. Volver a olerle.

Solté un quejido.

—Ahora me estás matando, Ethan.

—No. —Se rio con suavidad—. Ya hemos aclarado que no soy un asesino en serie, ¿recuerdas?

—Eso dices, señor Blackstone, pero que sepas que si me matas serás el sospechoso número uno de la lista.

Se rio con mi comentario y eso me hizo sonreír.

—Entonces, ¿has estado hablando de mí a tus
amigos?

—Quizá tengo un diario secreto y he escrito
sobre ti. La policía lo encontrará cuando registre
mi piso en busca de pistas.

—Con que a la señorita Bennett le gusta el
drama. ¿Acaso fue a clases de arte dramático en
el colegio?

—No. Simplemente ha visto muchos episo-
dios de *CSI*.

—Vale, ya me hago una composición de lugar: carne, Sheppy's y el canal de Crímenes e In-
vestigación. Una atractiva mezcla ecléctica la
tuya…, entre otras cosas. —Dijo la última parte
con mucha suavidad, y sus palabras sugerentes
impactaban directamente entre mis piernas—. Entonces, ¿dónde te recojo mañana después de la
sesión de fotos?

—Son fotos de estudio, así que en la agencia
Lorenzo, en la décima planta del edificio Shires.

—Te encontraré, Brynne. Mándame un mensaje cuando hayas acabado y allí estaré. Buenas
noches. —Su voz cambió, sonaba más abrupta.

Oí un clic y luego el tono de marcado, lo que me hizo darme cuenta de que esta vez Ethan me había colgado. ¿Me estaba devolviendo lo de antes? Quizá. Pero mientras me metía en la cama y recordaba a oscuras nuestra conversación, fui consciente del hecho de que se había vuelto a salir con la suya. Tenía una cita con Ethan mañana por la noche y en realidad nunca había dicho que sí.

Le mandé un mensaje a Ethan en cuanto Marco se puso a mirar las imágenes. Había trabajado con Marco una vez antes y me gustaba mucho. Asentado en Milán, le gustaban las poses clásicas con reminiscencias de los años treinta y cuarenta.

—En esta estás espléndida, *bella* —me dijo Marco con ese precioso ronroneo italiano—, la cámara te quiere.

—Ha estado muy bien. Gracias, Marco.

Todavía tenía que cambiarme y me dirigí al vestuario. Traté de no darle mucha importancia a mi aspecto, pero Ethan era terriblemente guapo. Yo era… yo misma. Sabía que tenía una figura decente. Trataba de conservarla, dado que mi cuerpo era lo que me daba de comer, y me cuidaba. Ya había llamado mucho la atención de los chicos a lo largo de mi adolescencia. *Demasiada atención.* Pero no era guapa. Tenía el pelo largo, liso y castaño, nada especial. Mis ojos eran probablemente lo más característico de mí. El color era una extraña mezcla de marrón, gris, azul y verde. Nunca he sabido qué poner en la casilla correspondiente a este dato en el carné de conducir. Me decanté por el marrón.

Abrí la bolsa y me quité la bata. Teniendo en cuenta que era casi verano y dando por hecho que esta noche iba a ser informal después de una jornada de trabajo, había elegido ropa que aguantara horas en una bolsa de deporte: unos pantalones de lino con un cordón a la cintura, una camiseta negra de seda de tirantes y unas bailarinas de cuero negras. Me puse mi chaqueta verde favorita por encima de los hombros y volqué mi atención en otros aspectos de mí misma. Me cepillé el cabello y me hice una coleta con un mechón de pelo alrededor de la goma. Siguiente paso: maquillaje, y no me llevaría mucho. Rara vez uso algo más que un poco de rímel y un poco de colorete. Algo de brillo en los labios, mi perfume y lista. *Preparada para irte, Brynne.*

Apreté el botón de los ascensores y esperé. Ethan no dijo dónde quedábamos exactamente y me imaginé que el vestíbulo estaría bien. Parecía conocer la ciudad como la palma de su mano.

Marco se acercó y me dio un enorme abrazo de despedida. Era un hombre muy efusivo, siempre cogiéndome y dándome dos besos en la mejilla de esa manera europea que lo hacía tan admisible: y conseguía que la americana que llevaba dentro no pudiera resistirlo. Reconozco estar completamente encantada con ese tipo de comportamiento tan cercano que rara vez se expresaba en mi tierra natal.

Yo también le abracé y puse la mejilla. Marco posó los labios en mi mandíbula justo cuando se abrieron las puertas del ascensor y Ethan salió con cara de cabreo y con sus preciosos ojos mirando fijamente en línea recta.

Me separé del abrazo de Marco y sentí que las manos de Ethan me agarraban y se aferraban a mi cintura.

—Brynne, cariño, aquí te encuentro. —Ethan me apartó los brazos de la cintura para envolverme los hombros, separándome de manera efectiva de Marco y arrastrándome hasta su cuerpo. Hasta su cuerpo firme y musculoso. Pude sentir la mirada fulminante de Ethan a Marco y supe que tenía que hacer algo antes de que la situación se volviera más incómoda—. Preséntanos, Brynne —me dijo al oído, y el roce de su perilla contra mi mandíbula hizo que me temblaran las piernas.

—Ethan Blackstone, Marco Carvaletti, el…, el fotógrafo de hoy. —¡Mierda! ¿He sonado realmente así de insegura y débil? Juro que con este hombre tenía serios problemas. Conseguía que me comportara de una manera que me sacaba de quicio y a la vez me excitaba; una tentadora mezcla que me decía a gritos en mi cabeza: ¡peligro!

Ethan extendió la mano y saludó al alto italiano, que tenía cara de desconcierto ante esa situación.

—¿Qué tal lo ha hecho mi chica hoy, señor Carvaletti? —preguntó Ethan lentamente con su elegante voz.

Marco esbozó una sonrisa.

—Brynne hace su trabajo a la perfección, señor Blackstone. Siempre. —El ascensor volvió a sonar y Marco extendió el brazo para sujetarlo—. ¿Bajáis? —inquirió Marco mientras se abría paso para entrar.

—En algún momento bajaré. Pero todavía no —respondió Ethan mientras me cogía por el antebrazo y me sujetaba con fuerza. Vimos cómo se cerraban las puertas del ascensor. *¿En algún momento bajaré?* No se me escapó la insinuación sexual del comentario. La imagen de su cabeza y su precioso pelo negro ondeando entre mis piernas, moviéndose con lentitud, era demasiado excitante como para que mi libido pudiera soportarla en ese preciso instante.

—Adiós, Marco, ¡muchas gracias por las fotos! —conseguí balbucear mientras levantaba una mano y me despedía de él.

—Gracias *a ti, bella,* las fotos son tan fantásticas como siempre. —Marco se llevó a los labios dos de sus dedos y me lanzó un beso mientras las puertas del ascensor se cerraban delante de él. Esto me dejaba atrapada en los brazos de Ethan y completamente a solas con un hombre que tenía una erección evidente, y que podía sentir contra mi trasero, y la seguridad de saber cómo usarla a la perfección.

—¡Qué haces! —bufé mientras me daba la vuelta y me apartaba de sus manos—. ¿Qué es eso de *mi chica* y ese comportamiento tan posesivo,

Ethan? —Me giré hacia su preciosa cara, muy consciente de que me costaba respirar y que cada vez que inspiraba su deliciosa fragancia se arrastraba dentro de mi ser.

Se acercó a mí, apoyándome contra la pared del pasillo. Su enorme cuerpo se aproximaba imponente mientras aproximaba su boca de forma totalmente deliberada a la mía. Los labios de Ethan eran suaves en contraste con su perilla, y su lengua, como el terciopelo, se encontró con la mía al instante; acarició cada parte de mi boca, enredándose con mi lengua, lamiendo mi labio inferior, adentrándose profundamente. Apretó su cuerpo grande y firme contra el mío y sentí cómo su miembro duro me daba en el ombligo. Ethan Blackstone tomó el control de mi cuerpo y le dejé.

Gemí mientras me besaba y enterré las manos en su cabello. Le acerqué a mí; mis pezones duros rozaban sus pectorales, que estaban tan firmes y eran tan viriles que le hacían parecer irreal. Excepto por el hecho de que sí era real y porque me estaba besando apasionadamente en un vestíbulo público en la décima planta del edificio Shires, enfrente de la agencia Lorenzo. Había venido aquí a por mí.

Me sujetó la cara por los lados y no podía separarme de la embestida de su lengua. Estaba abierta a él y a lo que quisiera de mí. Mi reacción ante Ethan era pura debilidad. Lo había sabido durante todo el tiempo, aunque al principio solo me lo imaginaba. La realidad era devastadora.

Apartó una mano de mi cara y la bajó para posarla en mi cuello. Su beso se fue deteniendo en dulces mordiscos hasta que apartó los labios y sentí aire fresco en la parte húmeda que acababa de besar.

—Abre los ojos —me dijo. Levanté la vista para ver su cara a escasos centímetros de distancia, con sus ojos azules ardientes de deseo.

—No soy tu chica, Ethan.

—Lo eras durante ese beso, Brynne. —Con los ojos parpadeando, era capaz de leerme el pensamiento y a continuación inhaló. Estaba completamente húmeda y me preguntaba si lo podría oler—. Hueles tan bien… y tan jodidamente sexy.

Por el amor de Dios. Con el pulgar de la mano que todavía tenía apoyada en mi cuello me acarició la clavícula. Y no hice nada para detenerlo. Estaba disfrutando demasiado con la imagen que tenía delante. Le había alborotado el pelo con

las manos entre tanto beso. Seguía estando buenísimo y seguramente sería igual cuando salía de la
cama por las mañanas. *Cama.* ¿Habría una cama
en nuestro futuro inmediato? No me costaría nada tener a este hombre en mi cama. No había que
ser un genio para saber que él quería sexo. La
verdadera pregunta era si yo quería.

—Ethan. —Hice fuerza contra el muro de
acero que era su cuerpo pero fue en vano—. ¿Por
qué haces esto? ¿Por qué actúas así conmigo?

—No sé. No puedo evitarlo y no estoy actuando. Intenté dejarte en paz pero no puedo. —Recorrió con su otra mano mi cabello hasta que la posó
al otro lado de mi cuello—. No quiero alejarme de
ti. —Dibujó lentamente eróticos círculos con sus
pulgares hasta llegar a la mitad de mi garganta—.
Tú también me deseas, Brynne, sé que me deseas.

—¿Cómo sabes eso? —Mi voz salió en un
pequeño susurro.

Volvió a llevar sus labios a los míos y me besó con suavidad.

—Lo veo en tus ojos y en cómo respondes
cuando te toco.

Apenas me tenía en pie a medida que me
conquistaba con más besos irresistibles. Daba lo

mismo, no necesitaba tenerme en pie. Él me tenía sujeta de espaldas a la pared y sus caderas estaban pegadas a mi cuerpo. El ascensor sonó y él se echó hacia atrás. Me tropecé hacia delante, contra su pecho. Él me agarró mientras una pareja salía y caminaba por el vestíbulo.

—Esto no puede ser…, estamos en un sitio público. Yo no hago este tipo de cosas. No puedo estar así contigo en un sitio como est…

Él se movió rápidamente. Me tapó los labios con dos dedos y se llevó mi mano a su boca para darme un beso.

—Lo sé —dijo suavemente—. No pasa nada. Que no te entre el pánico.

Solo podía mirarle embelesada mientras presionaba sus suaves labios contra la palma de mi mano. El vello que enmarcaba su boca me rozaba con mayor suavidad, nada comparado a la brusquedad de antes.

Ethan me miró con deseo antes de apretar la mano que acababa de besar y agarrarla. Cogió mi bolsa del suelo con su mano libre y me arrastró hasta el ascensor, que estaba abierto.

—Cenamos primero y luego podemos *hablar* de lo que quieras.

Y, de un modo que se estaba volviendo muy familiar cada vez que estaba en presencia de Ethan, asumí que había vuelto a tomar las riendas de la situación. Se había hecho con el control de todo y me tenía justo donde él quería.

Capítulo

4

El Vauxmoor's Bar & Grill estaba muy de moda pero no era tan ruidoso como para llegar al punto de tener que gritar para hablar. De todas maneras, disfrutaba simplemente con las vistas que tenía delante. Sentado frente a su plato de solomillo, Ethan era la viva imagen de un caballero inglés. Un caballero inglés muy educado y extremadamente cañón. El deseo y la promesa de sexo apasionado que habíamos compartido en el ascensor se había evaporado. Ethan había puesto fin a esa situación con la misma rapidez con la que me había puesto a mil.

—¿Qué tal se siente una americana en una universidad tan lejos de su hogar?

Di vueltas a mi ensalada con trozos de carne y al final le di un trago a la sidra.

—Des…, des…, después del instituto lo pasé un poco mal. De…, de… —Cerré los ojos un momento—. De hecho estaba fatal, por muchas razones. —Cogí aire para tratar de calmar los nervios que me entraban siempre que tenía que responder a esa pregunta y dije—: Pero con un poco de *ayuda* conseguí centrarme y descubrí mi interés por el arte. Hice la solicitud para venir a estudiar aquí y milagrosamente me aceptaron en la Universidad de Londres. Y mis padres estaban tan emocionados de verme motivada que me desearon lo mejor. Tengo una tía abuela en Waltham Forest, mi tía Marie, pero aparte de eso no tengo a nadie más aquí.

—Pero ahora estás estudiando un posgrado, ¿no? —Ethan parecía verdaderamente interesado en lo que hacía aquí, por lo que le seguí contando.

—Bueno, cuando terminé la diplomatura en Historia del Arte decidí hacer la preinscripción en estudios avanzados en Restauración. Me volvieron a aceptar. —Clavé el tenedor en un trozo de carne.

—¿Te arrepientes? Suenas un poco melancólica. —Ethan sabía poner una voz dulce cuando quería.

Le miré la boca y pensé cómo sería si se abalanzara sobre mí y me obligara a aceptar su beso.

—¿Sobre lo de venir a Londres? —Negué con la cabeza—. Para nada. Me encanta vivir aquí. De hecho, como no consiga el visado de trabajo cuando acabe el máster voy a estar hecha polvo. Siento que ahora mi hogar es Londres.

Me sonrió.

Eres demasiado guapo, maldita sea, Ethan Blackstone.

—Encajas aquí… muy bien. Tan bien que de hecho nunca hubiera sabido que no eras de aquí hasta que hablaste, pero incluso con tu acentazo americano y todo pareces una más.

—Acentazo, ¿eh?

—Un acentazo muy bonito, señorita Bennett. —Me sonrió con sus ojos azules brillantes.

—¿Y qué me cuentas de ti? ¿Cómo ha llegado Ethan Blackstone a ser el director general de Seguridad Internacional Blackstone, S.A.? —Le dio un trago a su cerveza y se relamió la comisura de los labios. Llevaba un elegante traje ejecutivo gris oscuro que definitivamente costaba más que mi alquiler—. ¿Cuál es tu historia, Ethan? Y, por cierto, tú en cambio no tienes ningún acentazo, qué va. —Sonreí.

Enarcó una ceja de manera sexy.

—Soy el pequeño de dos hermanos. Mi hermana y yo nos criamos con mi padre. Conducía un taxi londinense y me llevaba con él cuando no tenía clase.

—Por eso no necesitaste ni una indicación para encontrar mi piso —dije—. Y he oído que los taxistas de Londres tienen que aprobar un examen de todas las calles. Eso es increíble.

Volvió a sonreírme.

—A ese examen le llaman *El conocimiento*. Muy bien, señorita Bennett. Para ser americana estás bastante puesta en cultura británica.

Me encogí de hombros.

—Vi un programa sobre eso. Muy divertido, de hecho. —Me di cuenta de que había cambiado de tema, así que dije—: Perdona por interrumpirte. Entonces ¿qué hiciste cuando acabaste el instituto?

—Me metí en el Ejército. Estuve seis años. Luego lo dejé. Abrí mi propia empresa con ayuda de los contactos que había hecho mientras estuve ahí. —Me volvió a mirar con deseo y sin ninguna intención de querer continuar hablando.

—¿En qué rama del Ejército?

—Las Fuerzas Especiales, fundamentalmente en reconocimiento. —No me dio más detalles pero me sonrió.

—No eres muy comunicativo que se diga, señor Blackstone.

—Si te contara más tendría que matarte y mandaría a la mierda mi promesa.

—¿Qué promesa? —pregunté inocente.

—Que no soy un asesino en serie —dijo mientras se metía un trozo de solomillo en su preciosa boca y empezaba a masticar.

—¡Gracias a Dios! La idea de cenar solomillo con un asesino en serie se habría *cargado* esta cita por completo.

Se tragó la carne y me sonrió.

—Muy graciosa, señorita Bennett. Eres un genio.

—Huy, gracias, señor Blackstone, lo intento con todas mis fuerzas. —Me desarmaba con su encanto con tanta facilidad que realmente tenía que esforzarme para llevar las riendas de la conversación. Ethan podía darle la vuelta en cualquier instante—. ¿Y qué hace exactamente tu empresa?

—Seguridad fundamentalmente, para el Gobierno británico y *varios* clientes privados internacionales. En este momento estamos hasta arriba con los Juegos Olímpicos. Con tanta gente llegando a Londres de todas partes, sobre todo por cómo está el mundo después del 11 de septiembre, exige mucho esfuerzo.

—Imagino.

Apuntó a mi ensalada con el cuchillo.

—Te traigo al mejor restaurante de solomillos de la ciudad y ¿qué haces? —Negó con la cabeza—. Te pides una ensalada.

Me reí.

—Lleva carne. Ya, no lo puedo evitar. No me gusta ser predecible.

—Pues se te da muy bien ser impredecible, señorita Bennett. —Me guiñó un ojo y le dio otro mordisco al solomillo.

—¿Te puedo hacer una pregunta personal, Ethan?

—Me temo que ya no hay marcha atrás —contestó fríamente.

Realmente quería saberlo. Llevaba un par de días dándole vueltas a la cabeza.

—Entonces, ¿colecc…, coleccionas desnudos… o algo por el estilo? —Bajé la mirada a mi plato.

—No —respondió de inmediato—. Aquella noche estaba encargado de la seguridad de la Galería Andersen. Iban ciertas personalidades y quise hacer acto de presencia. Normalmente tengo empleados que se encargan del trabajo de campo. —Hizo una pausa—. Pero estoy muy contento de haber ido porque gracias a eso vi tu retrato. —Su voz sonaba alegre—. Me gustó y lo compré. —Pude sentir cómo sus ojos me pedían que le mirara. Levanté la vista—. Y entonces apareciste tú, Brynne.

—Oh…

—Por cierto, oí lo que Clarkson te dijo sobre mi mano. —Se dio un golpecito en el oído—. En mi profesión utilizamos aparatos de seguridad de alta tecnología.

El tenedor retumbó al caer al suelo y yo debí de pegar un bote enorme. Esbozó una sonrisa con autosuficiencia y se le veía seguro de sí mismo y ridículamente sexy como para estar ahí conmigo.

Me sentía tan avergonzada que tenía ganas de salir corriendo.

—Siento muchísimo que oyeras...

—No lo sientas, Brynne. Trato de evitar correrme con la mano, sobre todo si hay otras opciones más placenteras. —Me cogió de la barbilla. Sentí que mi cuerpo se acaloraba mientras dejaba que me levantara la cara. *Bua..., respira, Brynne, respira*—. Me gustas —prosiguió en susurros—. Quiero hacerlo en condiciones. Te quiero debajo de mí. Quiero correrme *contigo*. —Sus ojos azules nunca abandonaron los míos. Tampoco me soltó la barbilla. Me sujetaba con firmeza y me hacía darle la razón.

—¿Por qué, Ethan?

Movió el dedo pulgar y me acarició la mandíbula.

—¿Por qué queremos las cosas? Es simplemente por cómo me haces reaccionar. —Sus ojos se posaron en mí y volvieron a recobrar esa mirada fulminante—. Ven conmigo a mi casa. Quédate esta noche conmigo, Brynne. Déjame que te enseñe el porqué.

—Vale. —Me latía tan fuerte el corazón que estaba segura de que él lo podía oír. Y sin más dije que sí a algo que sabía que significaría un antes y un después. Para mí desde luego.

En cuanto la palabra salió de mis labios vi que Ethan cerraba los ojos y parpadeaba durante una centésima de segundo. Y a continuación todo estuvo marcado por la agitación y la determinación; la situación contrastaba enormemente con la conversación sensual que acabábamos de tener. En cuestión de segundos había pagado la cuenta de la cena y me llevaba a su coche. El tacto firme de Ethan me apretaba la espalda, guiándome hacia delante, llevándome a un lugar en donde podría tenerme. A solas.

Ethan condujo hasta un imponente edificio acristalado que despuntaba sobre el horizonte londinense de construcciones de siglos pasados. Era moderno pero con reminiscencias a la Inglaterra anterior a la guerra.

—Buenas noches, señor Blackstone. —El portero de uniforme saludó a Ethan y me hizo un educado gesto con la cabeza.

—Buenas noches, Claude —le respondió con seguridad. La presión de su mano, todavía presente en mi espalda, me impulsó dentro del ascensor. En cuanto se cerraron las puertas me dio la vuelta y pegó sus labios a los míos. Volvía a ser como en el edificio Shires y sentí la oleada de excitación de lleno entre mis muslos. Y también estaba empezando a formarme una imagen clara de este hombre. Ethan era reservado en público, todo un auténtico caballero comedido, pero ¿de puertas para dentro? Cuidadito.

En esta ocasión sus manos recorrieron todo mi cuerpo. No opuse resistencia cuando me hizo retroceder hasta la esquina. Su tacto me excitaba y me ponía por las nubes al mismo tiempo. Con la barba me hacía cosquillas por el cuello mientras llevaba la mano a mi blusa para tocarme el pecho. Jadeé al sentir el calor de sus manos vagar con determinación explorando mi cuerpo. Me arqueé hacia atrás, con el pecho hacia fuera, haciendo presión contra su mano. Entonces encontró mi pezón entre el encaje y lo apretó.

—Eres jodidamente sexy, Brynne. Me muero por ti —me dijo con la boca pegada a mi cuello mientras me hacía cosquillas en la piel con su aliento.

El ascensor se detuvo y las puertas se abrieron frente a una pareja mayor que estaba esperando para entrar. Nos miraron durante unos segundos y decidieron esperar al siguiente ascensor. Traté de apartarme de él, de poner algo de espacio entre nuestros cuerpos. Por segunda vez en el día me encontré a mí misma jadeando por Ethan como una ramera en un sitio público a la vista de todo el mundo.

—Aquí no, por favor, Ethan.

Su mano abandonó mi pecho y salió por el mismo sitio por el que había entrado. Sentí cómo su pulgar empezaba a hacer lentos círculos justo bajo mi barbilla. Y a continuación me sonrió.

Ethan parecía contento mientras me cogía la mano y se la llevaba a los labios para besarla. Maldita sea, me encantaba cuando hacía eso.

—Tienes razón, lo siento. ¿Me perdonas, señorita Bennett? Es que me haces olvidarme de dónde estoy.

Sentí mariposas en el estómago. Asentí porque no podía hacer nada más y susurré:

—No pasa nada. —Gracias al ascensor nos íbamos aproximando cada vez más a su piso. Me pregunté qué haría en cuanto estuviéramos dentro del apartamento. Ethan me tenía totalmente hechizada y estaba segurísima de que él lo sabía.

Finalmente el ascensor llegó al último piso y a medida que se iba deteniendo me dio otro vuelco al estómago justo cuando Ethan volvió a acariciarme. Este hombre siempre estaba tocándome: siempre encima de mí si le dejaba.

Con la llave abrió las puertas de roble tallado y me hizo pasar a su mundo privado. El salón estaba pintado en tonos grises y crema, y para ser un sitio tan moderno había mucha madera, molduras y elementos decorativos.

—Esto es precioso, Ethan. Tienes una casa muy bonita.

Ethan se quitó la chaqueta del traje y la tiró al sofá. Acto seguido me cogió la mano, me llevó a una pared acristalada y a una terraza que daba a Londres, espectacularmente iluminada de noche.

Entonces me apartó de las vistas que tenía delante del cristal para darme la vuelta frente a él y di unos pasos hacia atrás. Me miró fijamente durante unos segundos.

—Pero nada es tan bonito como tú, aquí de pie, en este momento, en mi casa, enfrente de mí. —Sacudió la cabeza, con ansia—. No se puede comparar.

Por alguna razón sentí la implacable necesidad de llorar. Ethan era intenso y mi pobre cerebro trataba de procesarlo todo mientras él empezaba a moverse hacia mí, lentamente, como un depredador. Ya había visto ese movimiento antes. Era capaz de ir rápido, lento, brusco, suave, de cualquier modo, y hacer que pareciera espontáneo y natural.

Se me fue acelerando el pulso a medida que se acercaba. A unos centímetros de mí se detuvo y esperó. Tuve que levantar la cabeza para mirarle a los ojos. Era tan alto que podía ver cómo su tórax se alzaba con la respiración acelerada. Me gustaba saber que él también se sentía atraído por mí.

—No soy tan guapa como dices…, solo es la cámara —dije.

Llevó la mano a mi chaqueta verde, desabrochó el botón y la deslizó por mi espalda hasta que aterrizó con un suave sonido en el reluciente suelo de roble.

—Te equivocas, Brynne. Eres guapísima. —Llevó la mano al dobladillo de mi camiseta de seda negra y la pasó por encima de mi cabeza. Levanté los brazos para ayudarle.

Me quedé frente a él con mi sujetador negro de encaje mientras me devoraba con sus ardientes ojos azules. Con el dorso de la yema de los dedos recorrió mis hombros y mi pecho. Esas delicadas caricias me hacían morir de ganas de más y no me podía quedar quieta ni un segundo.

—Ethan… —Me incliné hacia delante y fui directa a rozar sus dedos.

—Dime, nena. ¿Qué quieres? —Me echó la cabeza a un lado para dejar mi cuello al descubierto. Entonces lo besó. La combinación de su barba y la suavidad de sus labios me ponían la piel de gallina. El placer que sentía llegó a tal extremo que moría completamente de deseo. Había llegado a un punto de no retorno. Le deseaba. Con todas mis fuerzas.

—Quiero…, quiero tocarte.

Llevé las manos a su camisa blanca de vestir y le aflojé la corbata morada. Me sujetaba con suavidad y mientras le deshacía el nudo de seda me miraba fijamente con tanta tensión que parecía la cuerda de un arco a punto de partirse. Mis dedos se detuvieron en el nudo y en un minuto su corbata se deslizó y se unió a mi chaqueta verde en el suelo. Empecé a desabrocharle los botones de la camisa.

Soltó un gemido cuando mis dedos tocaron su piel desnuda.

—¡Sí, joder! Tócame.

Le quité la elegante camisa y fue a parar al montón cada vez más grande del suelo. Le miré el torso desnudo por primera vez y casi rompí a llorar. Ethan era todo músculo y tenía unos abdominales como tabletas de chocolate que se fundían en la pelvis más erótica que había visto en mi vida.

Me eché hacia delante y posé los labios en medio de sus pectorales. Puso las manos a cada lado de mi cabeza y me sujetó contra él, como si nunca me fuera a soltar. Su fuerza y control eran obvios. En la cama Ethan tendría el mando. Y por raro que parezca, me tranquilizó saberlo. Con él estaba a salvo.

Se agachó para ponerse de rodillas y sus manos recorrieron mis caderas y mis piernas. Cuando llegó a mis zapatos tiró primero de uno y a continuación del otro y me los quitó con dulzura. Sus manos volvieron a subir a la cinturilla de mis pantalones de lino. Tiró del cordón y una vez sueltos los arrastró hasta el suelo. Miró mis piernas con detenimiento mientras yo me apartaba del montón de lino arrugado y entonces me dio un beso justo por encima de mi ropa interior. Sentí más mariposas en el estómago y el deseo entre mis piernas era cada vez más fuerte. Ethan llevó los dedos al encaje negro y los deslizó bajo la goma. Tiró de ella hacia abajo hasta quitármela.

Casi desnuda ante él, miró mi sexo y emitió un ruido, muy primitivo y apremiante, y entonces volvió a mirarme a la cara.

—Brynne…, eres tan preciosa que no puedo…, joder…, no puedo esperar.

Sus dedos recorrieron mi estómago y mis caderas y tiró de mí hasta llevarme junto a sus labios y besar mi sexo desnudo. Me estremeció ese íntimo roce que me mantenía cautiva, expectante por lo que venía a continuación.

Se volvió a poner de pie y llevó mis manos a su cintura con pausa. Entendí el mensaje alto y claro. Empecé con su cinturón y luego pasé a sus pantalones. Era impresionante. El bulto que escondían sus calzoncillos era imposible de ignorar a medida que le desnudaba. Soltó un rugido cuando mi mano acarició la seda negra que cubría su protuberante miembro. Mientras me echaba hacia delante para concentrarme en quitarle la ropa, él tiró del broche de mi sujetador y me lo quitó. Estaba completamente desnuda.

—No voy a pasar aquí la noche, Ethan. Prométeme que después me llevarás a casa.

Me cogió en brazos y me llevó a la habitación.

—Quiero que te quedes conmigo. Una vez no será suficiente, no contigo. —Abrió la puerta de golpe y me metió en la habitación. Su cara parecía salvaje y llena de ansia—. Primero necesito follarte y luego bajaré el ritmo. Dame esta noche. Déjame que te haga el amor esta noche, mi preciosa Brynne. —Se aproximó a mi cara—. Por favor.

—Pero no puedo pasar la noch...

Sus labios amortiguaron mis protestas mientras me extendía en su suave y lujosa cama y empezaba a tocar mi cuerpo. A besar mi cuerpo. A calentar mi cuerpo hasta que los pensamientos racionales que tenía antes de llegar a ese punto salieron y desaparecieron de mi mente. Estaba saltándome las reglas y era muy consciente de eso mientras la lengua de Ethan revoloteaba sobre mis pezones duros, alternando con pequeños mordiscos seguidos de suaves caricias para calmar lo que había hecho.

El contraste entre el roce de su perilla y la delicadeza de sus suaves labios me hacía estar por las nubes. Sentí que podría tener un orgasmo en cualquier instante. El placer me hizo gritar y arquearme. Me temblaban las piernas mientras me tocaba el pecho, incapaz de estar quieta, y me sentía desatada y desenfrenada bajo el cuerpo de Ethan.

Él me hacía sentir tan bien que no me arrepentía de haber tomado esa decisión. Todas las reservas que tenía desaparecieron en un segundo ante el maravilloso repaso que le estaba dando a mi cuerpo.

Estar desnuda no me asusta. Lo he hecho muchas veces como modelo y sé que los hombres encuentran mi figura bonita. Lo que es más difícil de procesar para mí es la intimidad. Por lo que cuando Ethan decía cosas como «deja que te haga el amor, mi preciosa Brynne» sabía que no podría negarme.

—¿Ethan? —grité su nombre desenfrenadamente para recordarme únicamente a mí misma que estaba aquí con él y no perdida en alguna fantasía erótica de un mundo de ensueño.

—Lo sé, nena. Deja que te cuide. —Apartó las manos de mis senos, las llevó a la cara interna de mis rodillas y las abrió. Completamente abierta frente a él, miró fijamente mi sexo por segunda vez esa noche.

—Joder, eres preciosa…, quiero probarlo.

Y entonces llevó su boca hasta mi sexo. Esa lengua suave daba vueltas en mi clítoris y lo acariciaba. Sentía cómo su barba me pinchaba la piel mientras me retorcía contra sus labios y su lengua. Me correría en un segundo y no había marcha atrás. No había marcha atrás con Ethan. Él conseguía lo que quería.

—Me voy a correr…

—La primera de muchas veces, nena —dijo entre mis piernas.

Y entonces dos de sus largos dedos se adentraron en mi interior y empezaron a acariciarme.

—Estás excitada —dijo con voz ronca—, pero cuando lo que esté dentro de ti sea mi polla lo vas a estar más, ¿sí o no, Brynne? —Siguió follándome con los dedos mientras movía la lengua por mi clítoris—. ¿Sí o no? —volvió a preguntar, esta vez con más contundencia.

Me invadió una oleada de sensaciones y me contraje en cuanto empecé a sentir el orgasmo.

—¡Sí! —grité de golpe, consciente de que él estaba esperando una respuesta.

—Córrete entonces. ¡Córrete para mí, Brynne!

Y lo hice, y la sensación no se pareció a ningún orgasmo que hubiera tenido en mi vida. No podía hacer nada más que correrme.

Ethan me empujaba al borde de un precipicio y me rescataba mientras caía en picado. Surcaba la ola del éxtasis bien sujeta a él, con sus dedos muy dentro de mi sexo, y me mantenían firme. Era devastador en su grandeza y no podía hacer nada más que aceptarlo.

Sacó los dedos de mi interior y oí el sonido de un paquete rasgarse y abrirse. Observé cómo se ponía el preservativo en su sexo, grande, precioso y duro. Sobre esa parte de él que en un minuto estaría muy dentro de mí, y me estremecí solo de pensarlo.

Levantó sus preciosos ojos azules hasta los míos y susurró:

—Ahora, Brynne. Ahora vas a ser mía.

Sollocé ante la imagen de él encima de mí y la expectación era tal que apenas era consciente.

Ethan cayó sobre mí y sentí su miembro dentro de mi sexo, ardiente y duro como el metal.

Sus caderas hicieron que me abriera más mientras hundía su verga bien hondo. Me cogió la boca, embistiendo su lengua a la vez que se introducía dentro de mí. Su lengua sabía a mi esencia. Ethan Blackstone me estaba poseyendo en su cama. Completa e irrevocablemente.

Surqué la ola de placer mientras Ethan surcaba mi cuerpo. Al principio lo hizo con fiereza. Embestía mi calado sexo de una manera cada vez más profunda. Sentí la llegada de otro orgasmo.

Las venas de su cuello palpitaban mientras se apoyaba y me ponía en otra posición.

Apreté mi sexo alrededor de su palpitante miembro mientras me daba duro. Emitió toda clase de sonidos y me susurraba cosas obscenas sobre lo mucho que le gustaba follarme. Me ponía a cien.

—¡Ethan! —grité su nombre al tiempo que me corría por segunda vez; mi cuerpo estaba completamente rendido ante el suyo, mucho más grande y fuerte, mientras me estremecía y me retorcía presa de la excitación.

Él no paró. Siguió penetrándome, hasta que llegó la hora de que alcanzara el orgasmo. Con el cuello en tensión y los ojos encendidos, siguió poseyéndome. Me abrí para acomodar la longitud y grosor de su sexo a medida que se ponía más y más duro. Sabía que estaba cerca.

Contraje las paredes de mi vagina más fuerte que nunca y lo sentí más duro. Ethan soltó un sonido gutural que parecía una combinación entre mi nombre y un grito de guerra y se estremeció sobre mí; sus ojos azules y brillantes contrastaban con la oscuridad de la habitación. Nunca apartó los ojos de los míos cuando se corrió dentro de mí.

Capítulo
5

E than seguía con los ojos fijos en mí. Incluso después de relajarnos tras el desenfreno sexual y después de haber abandonado mi cuerpo. Se quitó el preservativo, le hizo un nudo y se deshizo de las pruebas. Pero ahí estaba de nuevo, frente a mí, sus ojos deteniéndose en los míos, buscando mi reacción después de lo que acabábamos de hacer.

—¿Estás bien? —preguntó mientras deslizaba su pulgar por mis labios, acariciándolos con mucha suavidad.

Le sonreí y le contesté con lentitud.

—Ajá.

—No he acabado contigo ni mucho menos. —Arrastró la mano por mi cuello, por mis senos, a lo largo de mis caderas hasta posarse en mi estómago—. Ha sido tan increíble… No quiero…, no quiero que acabe. —Dejó la mano ahí extendida y se inclinó hacia delante para besarme lenta y concienzudamente, casi con veneración. Me di cuenta de que me iba a preguntar algo—. ¿Te…, te tomas la píldora, Brynne?

—Sí —susurré contra sus labios. Así era. Se sorprendería del porqué pero no se lo iba a contar esa noche.

—Quiero…, quiero correrme dentro de ti. Quiero estar dentro de ti, sin nada entre medias de nosotros. —Apretó los dedos en mis húmedos pliegues y los hundió varias veces—. Justo ahí.

Me sorprendían sin embargo sus palabras. La mayoría de los hombres no quería arriesgarse a hacer eso. Mi cuerpo respondió a sus caricias de manera involuntaria, incapaz de evitar arquearme hacia sus dedos. Un sonido de placer salió de mi garganta.

—Mi empresa hace controles médicos regulares, tenemos que estar sanos, yo incluido. Te puedo enseñar los informes médicos, Brynne; estoy limpio, te lo prometo —dijo, al tiempo que me acariciaba el cuello y me pasaba los dedos por el clítoris, decidido.

—Pero ¿y si yo no? —gemí.

Frunció el ceño y dejó la mano quieta.

—¿Cuánto tiempo hace que no estás con alguien?

Me encogí de hombros.

—No sé, hace bastante.

Entrecerró los ojos durante una fracción de segundo.

—¿Bastante es una semana o meses?

Una semana no es hace bastante. No tenía ni idea de por qué respondía a sus preguntas, solo sabía que era algo intrínseco a lo que él conseguía de mí. Ethan exigía respuestas, hacía preguntas directas, había algo en él que hacía que me fuera casi imposible detenerle cuando se adentraba en terrenos a los que yo no quería que fuera.

—Meses —fue mi respuesta, y eso era todo lo que iba a decirle en ese momento.

Su cara se relajó.

—Entonces… ¿es eso un sí? —Se tumbó completamente sobre mí y entrelazó mis manos con las suyas mientras me abría las piernas con sus rodillas para poder meterse entre ellas—. Porque quiero poseerte otra vez. Quiero estar dentro de ti otra vez. Quiero hacer que te corras y que mi polla esté tan dentro de tu ser que nunca olvides que estuve ahí. Quiero correrme dentro de ti, Brynne, y que lo sintamos juntos.

Ahora le sentía enorme; duro, excitado, adentrándose en mí y listo para hundirse completamente. Y a pesar de lo vulnerable que era debajo de él, nunca me había sentido más segura.

Me besó con pasión, y su lengua me reclamaba como antes. Era una demostración de lo que quería hacer con su sexo. Le entendía a la perfección casi todo el tiempo. Ethan no me confundía en lo más mínimo.

—Confío en ti, Ethan, y te prometo que no me dejarás embarazad…

—Joder…, sííí —gimió mientras deslizaba su grueso y desnudo miembro contra las paredes de mi sexo, que todavía eran presas de un cosquilleo—. Oh, nena, me das tanto placer. Me vuelves jodidamente loco…

Y así fue la segunda vez con él. En esta ocasión se movió más despacio, de manera más controlada, como si quisiera saborearlo. Pero no es que fuera menos placentero, porque Ethan hizo que me corriera hasta que casi perdí el conocimiento.

Dentro de mí parecía más grande, más duro, con sus testículos golpeando mi sexo empapado con cada estocada, y entonces él se detuvo en seco, con la espina dorsal arqueada, y ese movimiento nos unió tanto que en ese instante le sentí parte de mí.

Ethan dijo mi nombre con un grito ahogado y se quedó dentro de mi cuerpo, tal y como había dicho que haría, hasta que después de unas cuantas y pequeñas sacudidas la punta de su pene lo mojó todo y él se detuvo por completo, respirando entrecortadamente todavía entre mis piernas.

Me lamió con suavidad el cuello mientras le acariciaba la espalda, cuyos músculos irradiaban calor y humedad por culpa del sudor. La habitación olía a sexo y a su deliciosa colonia, fuera la que fuera. Sentí con las yemas de los dedos unos bultos irregulares en su piel. Muchos. ¿Cicatrices? Se movió rápidamente y mis manos se apartaron. Sabía que era mejor no preguntar.

Pero no se fue muy lejos. Ethan se puso de lado, se recostó y me miró fijamente unos segundos más.

—Gracias por lo de antes —susurró, recorriéndome la cara con la mano—, y por confiar en mí. —Me volvió a sonreír—. Me encanta que estés aquí, en mi cama.

—¿Cuándo fue la última vez que estuviste en tu cama con otra mujer, Ethan? —Si él podía preguntar, entonces yo también tenía derecho a hacerlo.

Me sonrió, con cara de autosuficiencia.

—Desde…, nunca, cariño. No traigo mujeres aquí.

—La última vez que me miré en el espejo era una mujer.

Arrastró los ojos por mi cuerpo de manera sugerente antes de contestar:

—Un pedazo de mujer, sin lugar a dudas. —Me miró a los ojos—. Pero, de todas maneras, no traigo a *otras* mujeres aquí.

—Oh… —Me recosté contra la cabecera de la cama, tirando de las sábanas hasta la altura del pecho. *¿Cómo narices no iba a ser eso una mentira?*—. Eso me sorprende. Pensaba que tendrías más ofertas de las que podrías usar.

Tiró de las sábanas y dejó mis pechos al descubierto.

—No me estropees la vista, por favor, y la palabra clave es *usar*, cielo. No me importa que me usen, y las mujeres usan a los hombres casi igual que a la inversa. —Se hizo un ovillo junto a mí contra la cabecera de la cama y con un dedo me acarició el pecho—. Pero no me importa si tú me usas. Tienes un permiso especial.

Resoplé y le aparté la mano.

—Eres demasiado guapo, Ethan, y lo sabes. Ese encanto inglés no te va a hacer tener vía libre conmigo nunca.

Emitió un ruido sarcástico.

—Y tú eres una yanqui dura de pelar. La otra noche pensé que tendría que cogerte en brazos y meterte en mi coche a la fuerza.

—Una suerte que no lo hicieras o este estupendo revolcón que acabamos de tener… nunca habría tenido lugar. —Negué con la cabeza con una sonrisa.

Me hizo cosquillas y empecé a chillar.

—Así que para ti ha sido un estupendo revolcón, ¿eh?

—¡Ethan! —Le golpeé en las manos y gateé hasta el borde la cama. Me arrastró de nuevo hacia él y me sujetó luciendo una gran sonrisa en la cara.

—Brynne —pronunció despacio.

Y entonces me besó. Lenta, suave y dulcemente, y lo sentí íntimo y especial. Ethan me colocó de costado y ajustó nuestros cuerpos bajo las sábanas con su pesado brazo sobre mí, protegiéndome. Sentí que me entraba el sueño en esa cama calentita que compartíamos. Sabía que era mala idea. Las reglas son las reglas y yo me las estaba saltando.

—No debería quedarme a dormir, Ethan; de verdad que me tengo que ir…

—No, no, no, quiero que te quedes —insistió, hablando a mi cabello.

—Pero no debería…

—Shhhhh —me interrumpió tal y como había hecho tantas veces antes y me calló con un beso. Me acarició la cabeza y sus dedos recorrieron mi pelo. No podía luchar contra él. No después de esta noche. Me sentía tan segura que era maravilloso; mi cuerpo estaba agotado tras los orgasmos y su virilidad era tal que me sentía demasiado cómoda como para enfrentarme a ese tema con él. Por lo que me dormí.

… Los terrores nocturnos son reales. Llegan por la noche cuando duermo. Trato de luchar contra ellos pero casi siempre ganan. Todo está oscuro

porque tengo los ojos cerrados. Pero oigo los sonidos. Las palabras crueles de alguien, palabras y nombres desagradables. Y una risa aterradora... Creen que es divertido degradar a esta persona. Siento mi cuerpo pesado y débil. Todavía les oigo reír y recordar todo el mal que han hecho...

Me desperté gritando y sola en la cama de Ethan. Me di cuenta de dónde estaba cuando él llegó corriendo a la habitación con los ojos desorbitados. Empecé a llorar en cuanto le vi. Los sollozos se intensificaron cuando se sentó en la cama y me agarró.

—No pasa nada. Estoy aquí. —Me llevó hasta su pecho. Estaba vestido y yo seguía desnuda en su cama—. Has tenido una pesadilla, solo eso.

—¿Dónde fuiste? —conseguí decir entre sofocos.

—Solo estaba en mi despacho... Estas jodidas Olimpiadas..., últimamente trabajo por la noche. —Apretó los labios en mi cabeza—. He estado justo aquí todo el tiempo hasta que te quedaste dormida.

—¡Me tenías que haber llevado a casa! ¡Te dije que no me iba a quedar a dormir! —Forcejeé para apartarme de sus brazos.

—Joder, Brynne, ¿cuál es el problema? Son las dos de la madrugada, maldita sea. Estás agotada. ¿No puedes quedarte sin más...? ¿Por qué no duermes aquí?

—Porque no quiero. ¡Es demasiado! ¡No puedo hacerlo, Ethan! —Le empujé hacia atrás.

—¡Por el amor de Dios! ¿Dejas que te traiga a mi casa y te folle de manera salvaje pero te niegas a dormir un par de horas en mi cama? —Bajó la cara hasta encontrar la mía—. Dime, ¿por qué te da miedo estar aquí conmigo?

Parecía dolido y sonaba bastante ofendido. Y encima yo me sentía una cretina cruel aparte de encontrarme hecha una mierda emocionalmente. También estaba muy guapo con sus vaqueros desteñidos y la camiseta gris claro. Tenía el pelo revuelto y necesitaba afeitarse, pero estaba buenísimo como siempre, más incluso ahora porque era el Ethan más íntimo, el que no mostraba en público.

Empecé a llorar otra vez y a decirle que lo sentía. Hablaba en serio. Sentía que algunas partes de mí estuvieran dañadas y rotas, pero eso tampoco cambiaba los hechos.

—No me da miedo estar contigo. Es muy complicado, Ethan. ¡Lo…, lo siento! —Me froté la cara—. Quiero irme a casa…

—Shhhhhh… No tienes que sentir nada. Solo has tenido una pesadilla y no puedo dejar que te vayas a casa en este estado. Estás muy alterada. —Ethan alargó la mano para coger el paquete de pañuelos que estaba al lado de la cama y me lo pasó—. ¿Quieres hablar del tema?

—No —conseguí decir entre tres pañuelos.

—No pasa nada, Brynne. Puedes hacerlo cuando te sientas cómoda si te apetece. —Era muy agradable la sensación de su mano haciendo círculos en mi espalda, pero simplemente no quería cerrar los ojos por si acaso me volvía a quedar dormida. Me llevó debajo del edredón junto a él.

—Déjame que te abrace unos minutos, ¿vale? —Afirmé con la cabeza—. No me moveré de aquí hasta que te duermas, y si te despiertas y no me ves es que estoy justo al otro lado del salón, en mi despacho. La luz estará encendida. Nunca te dejaría sola en mi casa. Estás totalmente a salvo conmigo. Trabajo en seguridad, ¿recuerdas?

Cogí más pañuelos y me soné la nariz; me sentía completamente hecha polvo y avergonzada por la situación. Sin embargo, me las arreglé para salir de ella, y sabía lo que iba a hacer. Solté una risita tras su comentario y dejé que me arropara de nuevo en su cama. Estaba frente a su pecho, así que inhalé la fragancia que tanto me gustaba y traté de recordar lo agradable que resultaba. Me centré en la sensación de Ethan agarrándome, manteniéndome a salvo, y el calor de su cuerpo. Traté de conservar todo eso en mi cabeza porque no iba a volver a pasar por lo mismo.

Fingí que me quedaba dormida.

Calmé mi respiración y fingí. Y al cabo de un rato sentí que se levantaba de la cama y salía de la habitación. Incluso oí el sonido de sus pies descalzos de puntillas por el suelo de madera. Miré el reloj y esperé otros cinco minutos antes de levantarme.

Entré en el salón de Ethan totalmente desnuda y recogí mi ropa. Aparté la corbata morada del montón y la estiré antes de colocarla sobre el brazo del sofá, doblada por la mitad. Ojalá pudiera llevármela como recuerdo.

Me vestí a toda prisa delante del enorme ventanal y cogí los zapatos con la mano en lugar de ponérmelos. Agarré mi bolsa y me dirigí a la puerta. Podía sentir su semen entre las piernas, goteando, y al pensarlo me entraron ganas de llorar. Ahora todo parecía un error. Lo había estropeado todo.

Una vez en la puerta principal, corrí al ascensor y apreté el botón. Me puse los zapatos y metí la mano en la bolsa en busca de un cepillo. Di con él y me lo pasé con fuerza por el pelo, que decía a gritos: me acaban de follar. Mi pobre cabello enredado no tenía remedio, pero eso era mejor que nada. Entonces llegó el ascensor y me subí, al tiempo que guardaba el cepillo y comprobaba que tenía dinero en la cartera para el taxi mientras bajaba.

Cuando salí al vestíbulo el portero me saludó.

—¿Puedo ayudarla en algo, señorita?

—Eh…, sí. Claude, ¿verdad? Necesito llegar a mi casa. ¿Me puede ayudar a encontrar un taxi? —Hasta para mis propios oídos sonaba desesperada. Eso sin saber lo que estaba pensando Claude.

No mostró la más mínima reacción mientras cogía el teléfono.

—Ahhh, está llegando uno en este instante. —Claude dejó el teléfono, salió de detrás de su mesa y me abrió la puerta del vestíbulo. Me ayudó a subirme al vehículo y me cerró la puerta. Le di las gracias, dije mi dirección al taxista y miré por la ventana.

La vista del elegante vestíbulo era nítida por la noche, por lo que vi a Ethan salir a toda prisa de los ascensores y hablar con Claude. Llegó corriendo a la calle pero el taxi ya estaba en marcha. Levantó los brazos con frustración y echó la cabeza hacia atrás. Pude ver que seguía descalzo. Pude ver que estaba desconcertado a la vez que herido cuando nuestros ojos se encontraron: los míos dentro del coche y los suyos en la calle. Pude ver a Ethan. Y probablemente esa sería la última vez que le vería.

Capítulo
6

El delicioso olor del café me despertó. Miré el reloj y supe que esa mañana no habría ninguna sesión de footing por el puente de Waterloo. Entré en la cocina tapándome los ojos con el brazo.

—Justo como a ti te gusta, Bree, dulce y cremoso. —Mi en teoría compañera de piso y querida amiga Gabrielle deslizó la taza en mi dirección con una expresión en la cara muy fácil de leer: *Ya estás soltando por esa boquita, maja, que no te voy a hacer daño.*

Adoro a Gaby pero todo este lío con Ethan me había desbaratado tanto que lo único que quería era borrar su existencia de la faz de la tierra y fingir que nunca había ocurrido.

Alargué la mano para coger la humeante taza e inhalé su delicioso aroma. Me recordaba a él por alguna razón y sentí una fuerte punzada en el estómago. Me senté frente a la barra de la cocina y me abalancé sobre mi taza de café como una gallina protegiendo a su polluelo. Mientras me colocaba en el taburete, las molestias que sentía entre las piernas me sirvieron como otro recordatorio. Un recordatorio de Ethan, de su cuerpo sexy, de su mirada ejemplar y de lo maravilloso que era el sexo con él..., y de cómo me había despertado en su cama, histérica. Dejé a un lado la tontería de tratar de ser valiente y permití que las lágrimas brotaran.

Tardó un tiempo —dos tazas de café y un cambio de posición hasta el sofá— en sacarme la historia. Pero Gaby en ese sentido es buenísima. No para hasta que lo consigue.

—Hace dos horas que te silencié el teléfono. Esa bolsa hacía tanto ruido que estuve a punto de darle una patada. —Gabrielle me acarició la cabeza, que estaba apoyada en su hombro—. Tienes mensajes en el buzón de voz y sms para aburrir. Creo que el pobre teléfono estaba a punto de explotar, por lo que lo salvé de una muerte dolorosa y lo apagué de una vez por todas.

—Gracias, Gab. Me alegro mucho de que estés aquí esta mañana. —Y lo decía en serio. Ella era como yo en muchos sentidos. Una chica de California en Londres, estudiante de Restauración y huyendo de toda la mierda de su hogar. La única diferencia era que su padre en este momento vivía en Londres, por lo que no estaba totalmente sola en Inglaterra. Nos conocimos la primera semana de clases hace casi cuatro años y nunca nos hemos separado. Ella sabía mis secretos y yo sabía los suyos.

—Yo también. —Me dio un pequeño golpe en la rodilla—. Y ahora vas a pedir cita con la doctora Roswell, vas a hacer planes para venirte de fiesta con Benny y conmigo y vamos a hacer una parada en Charbonnel et Walker para atiborrarnos de su chocolate, que es un auténtico pecado. —Inclinó la cabeza—. ¿Qué te parece?

—Me parece divino. —Solté una sonrisa forzada y traté de calmarme.

—Y quizá deberías darle una oportunidad a ese chico, Bree. Es bueno en la cama y le gustas mucho.

Mi sonrisa falsa se convirtió en un auténtico mohín.

—Has estado cotilleando con Ben.

Resopló.

—O por lo menos devuélvele la llamada. —Gaby bajó la voz hasta decir en un susurro—: Él no sabe nada de tu pasado…

—Lo sé. —Y Gaby tenía razón. Ethan no sabía nada de mí. Gaby me acarició el brazo—. La verdad es que anoche no estaba ni enfadada ni ofendida con él. Solo tenía que irme de ahí. Me desperté gritando en su cama y…

Ahora las ganas de llorar eran tan fuertes como antes. Traté de controlar el impulso.

—Pero parece que quería consolarte. No estaba tratando de poner distancia, Bree.

—Deberías haber visto su cara cuando entró en la habitación y yo estaba gritando como una loca. Cómo me miró… —Me froté las sienes—. Es simplemente demasiado intenso. No te lo puedo explicar bien, Gab. Nunca he conocido a nadie como Ethan y no sé si puedo soportarlo. Si lo de anoche es algún tipo de señal, sinceramente dudo que pueda.

Gaby me miró y sus preciosos ojos verdes sonrieron con confianza.

—Eres mucho más fuerte de lo que crees. Lo sé. —Ella afirmó con la cabeza—. Vas a prepararte para trabajar y después de un productivo día al servicio de las grandes obras de arte de la Universidad de Londres, te vienes a casa y te preparas para una noche de placeres terrenales. Benny ya se ha subido al carro. —Me dio un pequeño golpe en el hombro con el dedo—. Ahora te toca a ti, querida.

—Lo sabía. Ben me sacaba de casa en cuanto podía. —Sonreí de manera sincera por primera vez en las últimas doce horas y levanté el culo del sofá—. Me apunto, Gab —dije, frotándome el hombro—. Me rindo.

Había estado trabajando durante un par de horas cuando Rory apareció por detrás con un jarrón con las dalias moradas más bonitas que había visto en mi vida. Caminó hasta mí con una sonrisa radiante.

—Un paquete para usted, señorita Brynne. Parece que tiene un admirador.

¡Oh, mierda! Miré el regalo dos veces. El lazo del jarrón no era realmente un lazo. Se trataba de la corbata de seda morada que llevaba Ethan anoche. Al final me había dado su corbata.

—Muchas gracias por traérmelas aquí, Rory. Son preciosas. —Me temblaba la mano mientras cogía la nota del soporte de plástico. Se me cayó dos veces antes de poder leer lo que había escrito.

Brynne, anoche fue un verdadero regalo. Por favor, perdóname por no escuchar lo que estabas tratando de decirme. Lo siento.

Tuyo,
E

Leí la nota decenas de veces y me pregunté qué hacer.

¿Cómo conseguía confundirme con tanta facilidad? De repente estaba segura de que necesitaba escapar de Ethan y al minuto siguiente quería volver a estar con él. Miré de nuevo las flores moradas y supe que tenía que darle las gracias por el regalo y aceptar su disculpa muy a mi pesar. Ignorarlo sería cruel.

¿Mensaje o llamada? Era una decisión difícil. Una parte de mí quería escuchar la voz de Ethan y la otra parte tenía miedo de escuchar mi voz cuando tratase de responder a sus preguntas. Al final me decanté por un mensaje y me sentí una completa cobarde. Primero tenía que encender el teléfono, y en cuanto lo hice el aluvión de llamadas perdidas y el símbolo de mensajes que parpadeaba sin parar me puso mala sin ni siquiera escuchar ni leer nada. Era demasiado para mí en ese momento, por lo que ignoré todo y me decidí a escribir en la pantalla vacía.

Brynne Bennett: Ethan, ls flores sn preciosas. Grs. Me ncanta l morado. –Brynne

<fin sms>

En cuanto le di a «enviar» contemplé la idea de apagar el teléfono, pero por supuesto no lo hice. La curiosidad mató al gato, o, en mi caso, me hizo hacer cosas estúpidas.

Me acerqué al jarrón de flores y quité la corbata del arreglo floral. Acerqué la nariz e inhalé. Tenía su olor. El sexy olor de Ethan que tanto adoraba. No le iba a devolver la corbata nunca. Independientemente de lo que pasara o no pasara, la corbata ahora me pertenecía a mí.

Mi teléfono se iluminó y empezó a sonar. Mi primer instinto fue apagarlo, pero sabía que era él quien llamaba. Y mi parte egoísta quería volver a escucharle. Me puse el teléfono al oído.

—Hola.

—¿De verdad te gusta el morado? —La pregunta me hizo sonreír.

—Me encanta. Las flores son preciosas, y que sepas que no te voy a devolver la corbata.

—La jodí muchísimo, ¿no? —Su voz era suave y pude oír un crujido de fondo y cómo soltaba aire a continuación.

—¿Estás fumando, Ethan?

—Hoy más de lo normal.

—Un vicio…, tienes uno. —Coloqué la corbata estirada sobre mi mesa.

—Tengo varios, me temo. —Hubo un momento de silencio y me preguntaba si él me consideraba uno de sus vicios, pero acto seguido dijo—: Anoche quise ir a tu piso. Casi lo hago.

—Me alegra que no lo hicieras, Ethan. Necesitaba pensar y me resulta muy difícil cuando estás cerca. Y no es por nada que hicieras anoche. No es tu culpa. Nece…, necesitaba un poco de espacio después de estar…, estar juntos. Soy…, soy así. Yo soy la que está jodida.

—No digas eso, Brynne. Sé que ayer no te escuché. Tú me dijiste lo que necesitabas y yo te ignoré. Fui demasiado lejos, demasiado rápido. Rompí tu confianza y eso es de lo que más me arrepiento. Lo siento muchísimo…, no tienes idea de cuánto. Y si eso echa por la borda las opciones que tenía de estar contigo, entonces me lo merezco.

—No, no te lo mereces. —Mi voz era un mero susurro y había muchas cosas que quería decir pero, sin embargo, no encontraba las palabras adecuadas para expresarlo—. Tú no quieres estar conmigo, Ethan.

—*Sé* que sí, mi preciosa Brynne. —Podía oír cómo soltaba el humo del cigarro—. Y ahora la pregunta es: ¿y tú? ¿Volverías a estar conmigo, Brynne Bennett?

No pude evitarlo. Sus palabras me hicieron llorar. Mi única salvación era que Ethan no podía verme llorar por teléfono, pero estaba más que segura de que podía oírme.

—Y ahora te he hecho llorar. ¿Eso es bueno o malo, nena? Dímelo, por favor, porque no lo sé. —El deseo de su voz acabó con mi entereza.

—Es bueno... —Me reí con nerviosismo—. Y no sé cuándo podré. Esta noche he hecho planes con Benny y Gaby.

—Entiendo —dijo.

¿Estaba aceptando verle de nuevo? Los dos sabíamos la respuesta a su pregunta. La cosa es que Ethan me arrastraba. Desde la noche que nos conocimos me tenía cautiva. Sí, enseguida pasamos al sexo. Sí, me había presionado un poco, pero me había llevado a un lugar en el que me sentía de maravilla cuando era capaz de olvidar mi pasado. Ethan me hacía sentir extremadamente segura, de un modo sorprendente que me llevaba a plantearme el porqué. No tenía mucha fe que se dijera en que lo nuestro fuera a funcionar, pero estaba más claro que el agua que sería una historia para recordar.

—¿Podemos tomárnoslo con calma, Ethan Blackstone?

—Me tomo eso como un sí. Y por supuesto que podemos. —Oí cómo exhalaba con suavidad de nuevo. Hizo una pausa, como si se estuviera armando de valor—. ¿Brynne?

—¿Sí?

—Estoy sonriendo tanto en este momento...

—Yo también, Ethan.

Capítulo
7

Salir de fiesta en Londres es realmente increíble. No lo hacíamos a menudo, pero una buena ronda de discotecas es justo lo que necesitaba. Mi pobre mente estaba saturada de emociones, miedos y culpa. Necesitaba bailar y beber y reírme, pero sobre todo lo que me hacía falta era olvidarme de toda esta mierda. La vida era demasiado corta para mortificarme con las cosas malas, o por lo menos eso es lo que me había dicho mi psiquiatra. Tenía una cita con la doctora Roswell al día siguiente a las cuatro y luego una cena con Ethan. Era el primer paso que dábamos después del acuerdo que habíamos hecho por teléfono de tomárnoslo con calma. Me había dicho que quería poner las cartas sobre la mesa y tengo que admitir que eso me gustaba. Prefiero ir con la verdad siempre por delante. Lo cierto es que yo no tengo nada que ocultar; se trataba más bien de tener cuidado sobre lo que quería compartir con él. Y tampoco sabía cuánto podía compartir con Ethan. No tenía un mapa que me dijera por dónde ir. Tenía que arriesgarme, surcar la ola y esperar no caer directa al arrecife y ahogarme.

—Prueba esto. Es increíble. —Benny me dio una copa alta de color rojo anaranjado en un vaso de cóctel—. Lo llaman Llama Olímpica.

Le di un trago.

—Muy bueno.

Vimos a Gaby dar botes en la pista de baile con un tipo que definitivamente *no* iba a tener la suerte de pasar la noche con ella. Ya llevábamos tres discotecas y mis pies empezaban a quejarse. Mis botas moradas quedaban genial con mi vestido de flores de un solo tirante, pero después de tres locales estaba lista para ponerme unos calcetines calentitos.

—Mi fetichismo por las botas de vaquero me está matando. —Sonreí a Benny y levanté una bota.

—Pues tienes como diez pares. —Se encogió de hombros—. Yo creo que te hacen muy sexy. Imagina —dijo Ben pensativamente—, desnuda y con las botas puestas..., los retratos serían increíbles —afirmó mientras movía la cabeza con rapidez—. Tu cuerpo y tus botas. ¿No tengo razón? Quiero hacerlo. Puedo hacer que todo esté oscuro y resaltar solo el color de las botas. Las tienes de muchos colores: amarillo, rosa, verde, azul, rojo. Quedará impresionante. Solo arte. Nada de mal gusto. —Me miró—. ¿Lo harías, Bree?

—Bueno..., sí, claro que lo haré. Si crees que las fotos serán buenas, entonces claro que les doy permiso a mis botas. —Le saqué la lengua—. A mi madre le dará un infarto. —Esperé a que Ben hiciera un comentario sarcástico.

—Tu madre necesita un buen revolcón. —Ben no me decepcionó.

Rompí a reír a carcajadas con la ridícula imagen de Clarice Huntington Bennett Exley dándose un buen revolcón en algún momento de su vida.

—Joder, nadie ha dicho que para quedarte embarazada necesites tener un orgasmo, y estoy segurísima de que mi madre solo se acostó con mi padre esa vez.

—Puede que tengas razón, reina —dijo Benny. Ben había visto a mi madre un par de veces, por lo que sabía de lo que hablaba—. Pero si solo fue una vez, lo hizo muy bien para tenerte —bromeó Ben, y seguí riéndome.

Mis padres se divorciaron cuando yo tenía catorce años, seguramente por falta de revolcones regulares y porque se dieron cuenta de que no tenían ningún interés el uno en el otro, pero para ser sincera, ambos se quedaron en el mismo sitio sin moverse hasta que acabé el instituto. Mi madre cruzaba el charco y venía a Londres cuando le daba por ahí y yo me lo pasaba muy bien horrorizándola con mis amigos, con mi estilo de vida y mi comportamiento hasta que la visita la superaba. Su nuevo marido, Frank, era mucho mayor que ella, mucho más rico que mi padre y era probable que estuviese encantado cuando mi madre se iba de San Francisco en alguno de sus viajes. Dudo de que se diera muchos revolcones con Frank. Quizá Frank se diera algunos cuando ella estaba fuera, pero quién diablos lo podía saber. Mi madre y yo estábamos a malas la mayor parte del tiempo.

Lo de mi padre en cambio era otra historia. Siempre había sido mi favorito. Me llamaba de manera regular y me apoyaba en mis decisiones.

Me quería por lo que era. Y en mis peores momentos él era la única razón por la que seguir viviendo. Me preguntaba qué pensaría mi padre de Ethan.

Ben se fue a hablar con un rubio macizo y ligue potencial y yo me quedé sola y le di un trago a mi Llama Olímpica.

—Oye, encanto, esas botas moradas que llevas son la caña. —Un chico grande pelirrojo, también con botas, vaqueros y un cinturón con la hebilla con la forma y casi el mismo tamaño de Tejas se apoyó en mi mesa. Americano sí o sí. Con los Juegos Olímpicos no paraban de llegar cientos de personas a Londres, y este tipo definitivamente parecía ajeno a Europa.

—Gracias, colecciono botas de vaquero. —Le sonreí.

—Conque coleccionas vaqueros, ¿eh? —Me miró con lascivia—. Entonces estoy en el lugar correcto. —Se sentó junto a mí y su gran cuerpo se abalanzó hacia el mío en el sillón alargado—. Puedo ser tu vaquero si quieres —murmuró al instante con su aliento a alcohol—. Te dejo que me montes. —Me moví a un lado del asiento y me giré—. ¿Cómo te llamas, preciosa?

—Me llamo: no me interesas. —Le miré fríamente—. Y mi apellido es: debes de estar vacilán-
dome, borracho de mierda.

—¿No hay manera de que seas simpática con
este invitado americano que ha venido hasta aquí
desde Tejas? —El pelirrojo enorme se inclinó más
y apoyó el brazo en el respaldo del asiento, acer-
cándose a mí, pegando su pierna a la mía y sol-
tándome el aliento en la cara—. No sabes lo que
te pierdes.

—Creo que me hago una idea. —Me aparté de
él todo lo que pude y me moví por el sillón—. ¿No
os enseñan modales en Tejas o es que allí a las chicas les gustan los borrachos repugnantes que las
entran en público?

Mole Pelirroja no pilló la indirecta o quizá
era demasiado estúpido como para comprender
mi pregunta, porque me cogió la mano y tiró
de mí, arrastrándome hacia él.

—Baila conmigo, nena.

Me opuse, pero me agarraba con tanta fuerza que no tenía ninguna opción contra semejante
carne. Era un troglodita pelirrojo que había be-
bido demasiado y tiraba de mí hacia su cuerpo,
arrastrándonos por la pista de baile. Me tocó el

culo y empezó a subirme la camiseta. Fue entonces cuando levanté la bota y le clavé el tacón lo más fuerte que pude en un dedo del pie.

—Quítame la mano de encima antes de que me haga unos pompones para mis botas con tus pelotas. Tú tienes dos huevos y yo tengo dos botas, una para cada uno. —Le lancé una sonrisa falsa.

Resopló y entrecerró los ojos. Me di cuenta de que estaba analizando si iba en serio o no, hasta que a continuación me sonrió con desdén y se apartó de mí.

—Serás frígida…, inglesa de mierda —murmuró, esquivando la multitud, seguramente directo a acosar a otra pobrecilla.

—¡Soy americana, gilipollas! ¡De la parte buena del país! —grité a su espalda antes de darme la vuelta y chocarme contra el torso duro como una roca de un hombre. Un torso sobre el que había estado antes. Un cuerpo que desprendía un aroma que me embriagaba completamente. *Ethan*.

No parecía contento mientras le ponía mala cara a Mole Pelirroja, que se estaba alejando, y luego a mí. Acto seguido apoyó la mano en mi espalda y me empujó hacia la mesa. Me di cuenta de que estaba cabreado. Pero hasta enfadado seguía estando muy guapo con su camiseta negra, vaqueros oscuros, chaqueta gris y esa mirada tan seria que ponía.

—¿Por qué estás aquí, Ethan?

—Menos mal que es así, ¿no crees? Ese cerdo estaba encima de ti, con las manazas en tu culo, ¡y a saber lo que habría intentado hacer a continuación! —Me lanzó una mirada fulminante, con la mandíbula apretada y los labios fruncidos.

—Creo que he lidiado con él muy bien yo solita.

Ethan me cogió la cara y me besó, manteniéndome atrapada en su boca, introduciendo la lengua y reclamando que le dejara entrar. Gemí y le besé, y sabía solo a menta y a un ligero deje a cerveza. Seguía sin poder creer que fuera fumador. Nunca podía olerlo. Aunque hubiera querido rechazar su beso, decirle que no a Ethan era lo siguiente a imposible. Le deseaba siempre. Sabía dónde dar conmigo y por esa razón era peligroso.

—Mírate —dijo lentamente al tiempo que bajaba la vista por mi ropa y luego subía otra vez a mi cara—, es un milagro que no haya cincuenta tíos empalmados tratando de ligar contigo.

—No. Solo dos. Mole Pelirroja y tú.

—¿Quién? —Entrecerró los ojos.

Era mi turno de enarcar una ceja.

—Hasta hace unos minutos Benny estaba aquí conmigo, así que voy a olvidar tu comentario. No sé muy bien cómo tomármelo. —Me crucé de brazos—. ¿Tienes algún motivo para estar aquí, Ethan? O, mejor aún, ¿cómo supiste que estaba en esta discoteca en concreto? ¿Ahora me espías?

Se pasó la mano por el pelo y miró a otro lado. Una camarera rubia platino apareció de inmediato, sonrojándose y contoneándose mientras apuntaba su bebida. Estoy segura de que Miss cóctel «sexo en la playa» no lo habría dudado ni un segundo si él le hubiera pedido que se sentara en su regazo. En serio, ¿cómo conseguía venir a un sitio como este sin que las mujeres le acosaran?

Cuando Ethan me preguntó si quería algo del bar negué con la cabeza sin más y levanté la copa que me había traído Benny. La camarera me puso mala cara mientras se iba meneando las caderas.

—¿A qué me dedico, Brynne? —Su voz era seria y tuve que reconocer que tenía mérito que no le mirara el culo a la camarera teniendo en cuenta que prácticamente se lo había contoneado en su cara como si fuera la bandera olímpica, ya que de hecho estaba hablando mirando a la pista de baile, rastreando la sala con los ojos.

—¿Eres el dueño de Seguridad Internacional Blackstone, S.A. y tienes a tu disposición todas las herramientas posibles para espiar a tus rollos? —dije con sarcasmo, inclinando la cabeza con la pregunta.

Se volvió hacia mí y me miró de arriba abajo rápidamente.

—Oh, hace mucho que dejaste de ser un mero rollo, preciosa. —Se inclinó con los labios en mis oídos—. Cuando follamos en mi cama pasaste a territorio desconocido, créeme.

Se me encogió el corazón con su mirada y con las palabras que acababa de pronunciar. Me excité de inmediato y traté de apartar la conversación del sexo. No sé por qué me molesté de todas maneras; seguro que Ethan sabía que me moría por él ahora que estábamos sentados juntos.

—¿Cómo supiste que estaba aquí?

—Saltó la tarjeta de crédito de Clarkson en el sistema. Fue cuestión de segundos. —Me buscó la mano y la acarició con su dedo pulgar—. No te enfades conmigo por venir. Me habría mantenido alejado si hubieras estado con tus amigos, pero ese jodido vaquero te puso las manos encima. —Ethan se llevó mi mano a sus labios y el roce de su perilla era una sensación que me estaba empezando a encantar y a la que comenzaba a acostumbrarme—. Quería ver cómo te divertías. Estabas tan triste la última vez que te vi en el taxi...

Ethan sonrió y su cara cambió completamente.

—Me encanta cuando haces eso —le dije.

—¿Cuando hago el qué?

—Cuando me besas la mano.

Me miró la mano, todavía agarrado a ella.

—Es una mano preciosa y me destrozaría que alguien le hiciera daño.

Sus ojos volvieron a los míos de nuevo, pero permaneció callado, observándome, haciendo círculos con su pulgar y llevando mi mano a sus labios cuando quería. Ethan necesitaba tocarme. Era parte de él y lo entendí. Y extrañamente me tranquilizaba. No era capaz de explicarlo pero sabía cómo me hacía sentir cuando me tocaba.

Supongo que era algo de lo que debería hablar con la doctora Roswell en nuestra próxima cita.

Las palabras de Ethan me parecieron sin embargo inusuales. Definitivamente me protegía demasiado, como si le preocupara que me hicieran daño. *Eso pasó hace seis años, Ethan.*

Benny y Gaby aparecieron de repente, saludaron con rapidez a Ethan y luego desaparecieron tan sigilosos como unos adolescentes en un botellón, convencidos de que actuaban de manera guay. Me da lo mismo. Estoy segura de que se pasaron media noche especulando de todas maneras.

Cuando llegó su copa, Ethan utilizó su mano izquierda para sujetarla. Nunca soltó mi mano derecha. No hasta que me metió en su coche y me llevó a casa.

Siguió mirándome en el asiento del copiloto, arrastrando mis ojos a los suyos repetidas veces; excitándome hasta tal punto que sentí la necesidad de retorcerme para calmar el deseo que sentía entre los muslos.

—¿Por qué sigues mirándome así? —pregunté finalmente.

—Creo que sabes por qué. —Su voz era dulce pero con un tono serio.

—Y yo quiero que me lo digas porque en realidad *no* lo sé.

—Brynne, te miro porque no puedo apartar los ojos de ti. Quiero estar dentro de ti. Tengo tantas ganas de follarte que apenas puedo conducir este maldito coche. Quiero correrme dentro de ti y volverlo a hacer una y otra vez. Quiero tu dulce sexo alrededor de mi polla mientras gritas mi nombre porque he hecho que te corras. Quiero que pases la jodida noche conmigo para poder poseerte una y otra vez hasta que no te acuerdes de nada más que de mí.

Me agarré al reposabrazos y me estremecí, segura de que un miniorgasmo acababa de atravesar mi cuerpo. Tenía el tanga tan mojado que me podía haber resbalado por el asiento de cuero si los tacones de mis botas no estuvieran firmemente clavados a la alfombrilla del Range Rover.

Cuando Ethan aparcó junto al bordillo empecé a temblar. Salió del coche y dio la vuelta para abrirme la puerta. No dijo una palabra y yo tampoco. En el portal busqué a tientas las llaves y se me cayeron al suelo. Ethan las cogió y las puso en la cerradura y entramos en el vestíbulo. Fuimos de la mano los cinco pisos de escaleras y ninguno de los dos pronunció una palabra. Abrí la puerta de mi piso y Ethan me siguió. Y como otras veces, en el instante en el que estábamos juntos en privado aparecía un hombre diferente. Un hombre que apenas contenía su deseo por mí. Y que sabía que yo tampoco le diría que no.

Mi espalda se estampó contra la pared y en dos segundos me tenía en brazos. La boca de Ethan estaba sobre la mía, explorando e investigando en su interior dos segundos después.

—Envuelve las piernas alrededor de mí —dijo, y me cogió con fuerza el culo.

Hice lo que me dijo. Estaba contra la pared con las piernas abiertas y mis botas moradas de vaquero colgando a los lados como una rana a la que diseccionar, rendida a lo que él tuviera planeado. Aceptaba que Ethan dirigiera esta faceta de nosotros, el sexo. Él estaba al mando de cualquier orden que le diera a mi cuerpo y yo deseaba tanto que me tocara que no tuve que pensármelo dos veces en ese momento.

—Bájame la cremallera y saca mi polla.

También hice eso. Sus caderas se echaron hacia atrás para tener acceso, pero su boca y su lengua seguían explorándome mientras le bajaba la cremallera de los vaqueros para darle paso a su miembro, duro como el acero y cubierto en seda. Le acaricié la piel con la mano lo mejor que pude y se deleitó cuando le toqué emitiendo un sonido gutural.

Ethan metió la mano por debajo de mi falda y los dedos dentro de mi tanga. Lo rasgó por la parte de atrás, partiendo el material como si fuera una goma antes de atravesarme con su enorme erección. Grité mientras me llenaba, tan abierta debido a su tamaño que me retorcía de la sensación. Me soltó durante unos segundos hasta que nuestros cuerpos finalmente se unieron.

—Mírame y no pares. —Me agarró con fuerza las nalgas y empezó a embestirme. Duro. Hondo. Verdaderas estocadas castigadoras, pero no me importaba. Eso era lo que quería de él mientras me miraba fijamente con el azul ardiente de sus ojos.

—¡Ethan! —gemí, y me retorcí contra la pared de mi piso mientras me follaba; su verga era dueña de todo mi cuerpo. Seguí mirándole a los ojos. Incluso cuando sentíque aumentaba la presión en mi matriz y la punta de su pene daba contra la parte más recóndita a la que podía llegar, seguí mirándole. Era tan íntimo que no habría podido apartar la mirada aunque hubiese querido. Necesitaba tener los ojos bien abiertos.

—¿Por qué hago esto, Brynne? —me preguntó.

—No sé, Ethan. —Apenas podía hablar.

—Claro que lo sabes. ¡Dilo, Brynne! —Me tensé cuando un orgasmo empezó a apoderarse de mí, pero él inmediatamente redujo el ritmo, aminorando las embestidas contra mi excitado sexo.

—¿Que diga el qué? —grité, frustrada.

—Di lo que quiero oír. Di la verdad y dejaré que te corras. —Me atravesó poco a poco y me dio un mordisquito en mi hombro desnudo.

—¿Cuál es la verdad? —Ahora estaba empezando a sollozar, completamente a su merced.

—La verdad es… —gruñó el resto en tres duras embestidas intercaladas— ¡tú… eres… mía!

Solté un grito ahogado con la última embestida.

Aumentó la velocidad, follándome más rápido.

—¡Dilo! —gruñó.

—¡Soy tuya!

En cuanto dije esas palabras su dedo gordo encontró mi clítoris y tuve un orgasmo, que rompió tan fuerte en mí como una poderosa ola en la orilla. Como si fuera una recompensa por obedecerle. Lloré durante todo lo que duró, bien sujeta a la pared de mi apartamento, y Ethan seguía dándome ese placer abrasador.

De lo más profundo de su pecho emergió un fuerte rugido mientras llegaba al clímax con una mirada casi aterradora. Dio una fuerte estocada final y me enterró en él hasta que su dulce néctar me empapó. Aplastó sus caderas contra las mías y me besó, y los últimos movimientos fueron más lentos y suaves. Sus fuertes brazos todavía me tenían levantada y no sé cómo pero fue capaz de besarme de una manera extremadamente dulce que contrastaba del todo con el sexo salvaje de hacía un momento.

—Eres —dijo con la voz ahogada— mía.

Me bajó de la pared, me sujetó hasta que mis pies estuvieron estables y luego me soltó, con la respiración entrecortada. Me apoyé en la pared en busca de sujeción y vi cómo se volvía a subir los pantalones y la cremallera. Mi vestido cayó de nuevo hacia abajo. Para cualquier persona que entrara en ese momento no habría rastro de que acabábamos de follar de manera salvaje contra la pared. Todo era una ilusión.

Ethan subió la mano hacia mi mejilla y me sujetó con firmeza pero con suavidad.

—Buenas noches, mi preciosa chica americana. Duerme con los angelitos. Te veo mañana.

Llevó la mano a mi cara, a mis labios, a mi barbilla, a mi cuello y la deslizó por mi cuerpo hacia abajo. Su mirada de deseo me decía que no quería irse, pero supe que lo haría. Ethan me besó en la frente con dulzura. Se detuvo, cogió aire como si pudiera olerme y a continuación se fue de mi piso.

Me quedé ahí de pie después de que se cerrara la puerta y escuché con atención, con mi cuerpo todavía vibrando del orgasmo, la ropa interior alrededor de mi cintura y un hilito de semen cálido deslizándose por mi muslo. El sonido de sus pisadas alejándose era un ruido que no me gustó. Ni lo más mínimo.

Capítulo
8

La doctora Roswell siempre escribe en un cuaderno durante nuestras sesiones. Eso me parece de la vieja escuela, pero al fin y al cabo esto es Inglaterra y su consulta está en un edificio que ya existía cuando Thomas Jefferson escribió la Declaración de Independencia en Filadelfia. También utiliza una pluma estilográfica, lo que me flipa totalmente.

Observé cómo su preciosa pluma de color turquesa y dorado iba formando palabras en su cuaderno mientras me escuchaba hablar sobre Ethan. La doctora Roswell sabe escuchar. De hecho, eso es prácticamente lo único que hace. No sé cómo serían nuestras sesiones si ella no pudiera escuchar todo lo que le cuento.

Sentada detrás de su elegante despacho de estilo francés, era la viva imagen de la profesionalidad y del genuino interés. Diría que rondaba los cincuenta y pocos años y tenía un cutis precioso y un pelo blanco que no le hacían ni un ápice mayor. Siempre llevaba joyas muy características y una ropa bohemia que le hacía parecer una persona culta y cercana. Fue mi padre quien me ayudó a encontrarla cuando me mudé a Londres. La doctora Roswell estaba en la lista de mis necesidades junto con la comida, ropa y cobijo.

—Entonces ¿por qué crees que reaccionaste de esa manera y te fuiste de casa de Ethan en mitad de la noche?

—Tenía miedo de que me viera así.

—Pero lo hizo. —Escribió algo en el cuaderno—. Y por lo que me has contado, quería consolarte y que te quedaras con él.

—Lo sé, y eso me asustó. El hecho de que quisiera que le contara por qué tengo esas pesadillas… —Y este era mi mayor problema. La doctora Roswell y yo lo hemos hablado miles de veces. ¿Qué pensaría cualquier hombre de mí una vez que lo supiera?—. Me preguntó si quería hablar del tema. Le dije que no. Él es tan…, tan… intenso; sé que será cuestión de días hasta que vuelva a presionarme con el tema.

—Las relaciones son así, Brynne. Compartes tus sentimientos con la otra persona y le ayudas a que te conozca mejor, incluso las partes más delicadas.

—Pero Ethan no es así. Él exige todo el tiempo. Quiere..., lo quiere todo de mí.

—¿Y cómo te hace sentir cuando te exige cosas o cuando quiere que te entregues totalmente?

—Me aterra qué será de *mí*, de Brynne. —Respiré hondo y dije lo que pensaba—. Pero cuando estoy con él, cuando me toca o cuando tenemos relaciones íntimas..., me siento tan segura y arropada, como si con él no me fuera a pasar nada malo. Por la razón que sea, confío en él, doctora Roswell.

—¿Crees que el motivo por el que han vuelto las pesadillas es porque has empezado a tener relaciones sexuales con Ethan?

—Sí. —Mi voz salió de manera temblorosa, y odiaba ese sonido.

—Brynne, eso es muy normal para las personas que han sufrido abusos. Una mujer es más vulnerable durante el acto sexual en sí mismo. La mujer acepta al hombre dentro de su cuerpo. Él es más fuerte y normalmente más dominante. Una mujer tiene que confiar en su pareja o me temo que si no solo una minúscula parte de nosotras tendría relaciones sexuales. Súmale a eso tu historia y el resultado es una mezcla explosiva en tu subconsciente.

—¿Incluso aunque no lo recuerde?

—Tu mente lo recuerda, Brynne. Tus miedos están ahí. —Anotó algo de inmediato—. ¿Te gustaría probar a tomarte una pastilla para dormir? Podemos ver si eso pone fin a los terrores nocturnos.

—¿Funcionará? —Eso por supuesto que atrajo mi atención. La sugerencia de algo tan simple como una pastilla me hizo reír con nerviosismo. La idea de poder estar tranquila con Ethan toda la noche… o que él pudiera estarlo conmigo me daba esperanzas. Eso si Ethan seguía queriendo dormir conmigo. Le recordé saliendo de mi apartamento anoche después del sexo salvaje contra la pared y lo poco que me gustó que se fuera. Mis emociones estaban hechas un lío. Una parte de mí le deseaba y la otra le temía. La verdad es que no tenía ni idea de lo que sería de nosotros. *Él te hizo decirle que eras suya.*

La doctora Roswell me sonrió.

—No lo sabremos hasta que lo intentemos, querida. El primer paso es la valentía, y la pastilla es una mera herramienta para ayudarte a dar un paso más hasta que encuentres tu camino. Las soluciones no tienen que ser complicadas todas las veces. —Alargó la mano y cogió su recetario.

—Muchísimas gracias. —Me empezó a vibrar el móvil en el bolso. Lo miré y vi que tenía un mensaje de Ethan.

—Ethan está aquí. En la recepción. Quedamos en que vendría a buscarme para ir a cenar. Dijo que quería hablar de… nosotros.

—Siempre es bueno que dos personas hablen de su relación. Toda la honestidad y confianza que deposites en ella ahora hará que sea mucho más fácil solucionar vuestras diferencias en el futuro. —Me dio la receta—. Me encantaría conocerle, Brynne.

—¿Ahora? —Sentí cosquillas en el estómago.

—¿Por qué no? Te acompaño fuera y me presentas a tu Ethan. Me ayuda muchísimo poner cara a los nombres que se mencionan en nuestras sesiones.

—Ah..., vale —dije al tiempo que me levantaba de su cómoda silla de cretona de flores—, pero en realidad no es *mi* Ethan, doctora Roswell.

—Ya lo veremos —dijo mientras me daba una palmadita en el hombro.

Se me hizo un nudo en la garganta cuando le vi mirando la decoración de la pared mientras me esperaba. La manera en la que estaba de pie me recordó a cuando estaba viendo mi retrato en la exposición de Benny y lo quiso. Lo quiso tanto que lo compró.

Ethan se giró cuando entramos en la recepción. Sus ojos azules iluminaban su cara, que se transformó en una dulce sonrisa mientras se acercaba a mí. Una ráfaga de alivio me atravesó el cuerpo. Ethan parecía muy contento de verme.

—Ethan, te presento a mi psiquiatra, la doctora Roswell. Él es Ethan Blackstone, mi...

—El novio de Brynne —me volvió a interrumpir una vez más.

Ethan le estrechó la mano a la doctora y seguro que le lanzó una sonrisa que la derritió literalmente. Mientras se intercambiaban unas educadas palabras eché un vistazo fugaz a la doctora para ver cómo reaccionaba ante sus encantos y tengo que admitir que era gratificante ver que la belleza masculina de Ethan dejaba absortas a las mujeres de todas las edades. También me acordaría de comentárselo en alguna sesión futura. *Entonces, doctora Roswell, ¿crees que Ethan es terriblemente sexy?*

—¿Novio? —le pregunté mientras me dirigía a su coche y me cogía la mano con firmeza.

—Solo trato de ser positivo, nena. —Me sonrió y llevó nuestras manos entrelazadas a sus labios para besar la mía antes de que me metiera en el Range Rover.

—Ya veo —le dije—. ¿Adónde me llevas y por qué estás tan sonriente?

Se inclinó sobre mi asiento y pegó su boca a mis labios, pero sin tocar mi cuerpo.

—Siempre «estoy tan sonriente», tal y como dices, cuando consigo lo que quiero. —Me besó con recato y se echó hacia atrás.

—¿Desde cuándo *no* consigues lo que quieres? Eres la persona más insistente que he conocido en mi vida. —Atenué el sarcasmo con una pequeña sonrisa.

—Cuidadito, nena. No te haces una idea de todas las cosas que muero por hacerte. —Sus ojos se pusieron serios.

Dejé que esa amenaza sensual pendiera entre nosotros y traté de respirar con normalidad.

—Me asustas un poco cuando dices cosas como esas, Ethan.

—Lo sé. —Tiró de mi barbilla hasta su boca con la yema de un dedo y me volvió a besar. Esta vez me mordió el labio inferior y jugueteó con él—. Por eso nos lo estamos tomando con calma. Lo último que quiero es asustarte. —Sus ojos se movieron rápidamente de un lado a otro, tratando de leerme el pensamiento, y sus labios estaban muy cerca de los míos pero sin llegar a tocarlos—. ¿Te das cuenta de que esta es la primera vez que no he tenido que obligarte a salir conmigo? —Me dio un último beso antes de volver a su sitio, meter la llave y arrancar—. Y debe de ser ese, señorita Bennett, el motivo por el que estoy tan sonriente. —Sus ojos azules ahora hacían chiribitas.

—Muy bien, señor Blackstone, me parece justo. —Me ayudó a abrocharme el cinturón de seguridad y salimos del aparcamiento. Me eché hacia atrás en el suave asiento de cuero e inhalé su aroma, dándole vía libre para que me llevara a cualquier sitio y confiando de momento en que todo estaba bien.

—La doctora Roswell parece muy competente —dijo Ethan de manera casual mientras me rellenaba la copa de vino—. ¿Cuánto tiempo hace que eres su paciente?

Le miré a los ojos y me sujeté. Aquí venía la pregunta, ¿ahora cómo vas a lidiar con ello? Tuve que decirme a mí misma: «relájate».

—Casi cuatro años. Desde que me mudé aquí.

—¿Has ido a verla hoy por lo que está pasando conmigo?

—¿Te refieres a lo de irme a casa con un completo desconocido y a lo de dejar que me folle cada vez que quedamos? Sí, eso tiene que ver. —Le di otro trago al vino.

Apretó la mandíbula pero su expresión no cambió cuando me hizo la siguiente pregunta:

—¿Y lo de irte en mitad de la noche también tiene que ver? —Bajé la cabeza y asentí. Era lo mejor que podía hacer—. ¿Qué es lo que te ha hecho tanto daño, Brynne? —Me hizo la pregunta con tanta suavidad que durante un segundo consideré la opción de contárselo, pero no estaba ni de lejos preparada.

Dejé el tenedor en el plato y supe que iba a ser incapaz de comerme mis *fetuccini* con gambas. El tema de mi pasado mezclado con la comida no era una buena combinación.

—Algo malo —dije, levantando de nuevo la mirada.

—Imagino. Te vi la cara cuando te despertaste en mitad de tu pesadilla. —Miró mi plato de pasta, que había retirado a un lado, y luego hacia mí—. Siento lo de la otra noche. No te escuché. —Me cogió la mano y la acarició con el pulgar—. Solo quiero que sepas que puedes confiar en mí. Espero que sepas que puedes hacerlo. Quiero estar contigo, Brynne.

—Quieres que tengamos una relación, ¿no? —Miré fijamente a su pulgar acariciándome los nudillos—. Le dijiste a la doctora Roswell que eras mi novio.

—Se lo dije, sí. Y te quiero a ti, Brynne. Claro que quiero una relación. —Su voz se hizo más firme—. Mírame.

Levanté los ojos inmediatamente y su belleza era enorme contra el mar de manteles blancos de las mesas que tenía detrás.

—¿A pesar de ser como soy, Ethan?

—Para mí eres perfecta tal y como eres.

Aparté la mano de su alcance. Tuve que tirar un poco para que me soltara. Muy típico de Ethan quererlo todo a su manera, pero al menos me dejó que pusiera su mano boca arriba para agarrarla. Recorrí su línea de la vida y su línea del corazón y me pregunté si al menos una de mis líneas tendría salvación.

—No, Ethan. Las palabras «perfecta» y «soy» no van en la misma frase conmigo —le dije bajito a su mano.

—Sí, y la colocación correcta sería «soy» y luego «perfecta» —replicó de manera ingeniosa—. Y no estoy para nada de acuerdo contigo, mi preciosa chica americana de acento sexy.

Volví a mirarle a los ojos.

—Eres tan controlador…, pero lo eres de una manera que me hace sentir, por muy extraño que parezca…, a salvo.

—También lo sé. Y eso hace que me pongas a mil, joder. Y por eso deberías confiar en mí y dejar que te cuide. Sé lo que necesitas, Brynne, y puedo dártelo. Solo quiero saber, necesito saber, que quieres. Que quieres estar conmigo.

El camarero se acercó a nuestra mesa.

—¿Ha terminado, señora? —preguntó.

Ethan parecía molesto cuando le dije al camarero que se podía llevar mi plato y le pedí un café.

—No has comido casi nada esta noche. —Me di cuenta de que no estaba nada contento.

—He comido suficiente. No tengo mucha hambre. —Le di un trago al vino—. Entonces quieres que sea tu novia, que te deje controlarlo todo y que confíe en que no me vas a hacer daño. ¿Es eso lo que quieres en realidad, Ethan?

—Sí, Brynne, eso es exactamente lo que quiero.

—Pero hay muchas cosas de mí que no conoces. Y cosas que yo no sé de ti.

—Cuando estés preparada las compartirás conmigo y yo estaré aquí para escucharte. Quiero saberlo todo de ti, y si tú quieres saber algo de mí solo tienes que preguntar.

—¿Y qué pasa si no quiero que controles ciertas cosas, Ethan, o si no soy capaz?

—Entonces me lo dices. Estamos llegando a un acuerdo y los dos tenemos que respetar nuestros límites.

—Vale.

Inclinó la cabeza y habló con suavidad.

—Muero por estar contigo ahora mismo. Quiero llevarte a mi casa, meterte en mi cama y pasar horas y horas con tu cuerpo entrelazado al mío haciendo lo que me plazca con él. Quiero que estés ahí por la mañana para que cuando nos despertemos pueda hacer que te corras mientras pronuncias mi nombre. Quiero que vayamos juntos al supermercado y compremos la comida que vamos a cocinar para la cena. Quiero que veamos algún programa basura en la televisión y que te quedes dormida sobre mí en el sofá para poder verte y oírte respirar.

—Oh, Ethan…

En ese mismo momento llegó mi café y me entraron ganas de darle una torta al camarero por interrumpir su precioso discurso. Me entretuve preparando mi café con azúcar y leche. Le di un sorbo y traté de que me salieran las palabras. Para ser sincera ya me tenía atrapada. Había caído en sus redes. Quería todas esas cosas con Ethan, simplemente no estaba segura de si podría soportarlo.

—¿Es demasiado? ¿Te estoy echando para atrás?

Negué con la cabeza.

—No. De hecho suena genial. Y deberías saber que es algo que no he tenido nunca. Nunca he tenido una relación así, Ethan.

Él sonrió.

—No me importa, nena. Quiero ser tu primera vez. —Levantó una ceja con una mirada llena de insinuaciones sexuales que me hicieron querer volver a casa con él y empezar con nuestro acuerdo—. Pero quiero que te lo pienses esta noche y que me digas lo que has decidido. Y *tienes* que saber que soy muy posesivo con las cosas que son mías.

—¿En serio, Ethan? —El sarcasmo invadió mis palabras—. Nunca lo habría imaginado después de la noche de ayer en mi piso.

—Lo cierto es que podría darte un azote en ese impresionante culo que tienes ahora mismo por esa actitud, señorita. —Me guiñó el ojo—. Pero no puedo evitarlo. Eso es lo que siento por ti, Brynne. En mi cabeza eres mía y ha sido así desde que te conocí. —Suspiró al otro lado de la mesa—. Por lo que esta vez me voy a contener y te voy a llevar a tu piso y voy a darte un beso de buenas noches en el portal, y esperaré a que me digas lo contrario. —Le hizo un gesto al camarero para que le trajera la cuenta—. ¿Lista para irte?

Me reí con la imagen que de repente apareció en mi cabeza.

—¿Te estás riendo de mí, señorita Bennett? Por favor, cuéntame qué es tan gracioso.

—Te estoy imaginando queriendo azotarme, señor Blackstone, y sin embargo jugando a hacerte el caballero comedido y dándome un beso de buenas noches en mi portal.

Soltó un gemido y movió las piernas; no había duda de que se estaba recolocando por la erección.

—Vas a presenciar un milagro si soy capaz de conducir hasta tu calle.

Ethan mantuvo su palabra. Se despidió de mí en el portal. Por supuesto que se tomó ciertas libertades con las manos y yo me hice muy buena idea de lo que escondía bajo su bragueta, pero se despidió de mí tal y como me había prometido después de muchos besos apasionados.

Me preparé para meterme en la cama después de una ducha de agua caliente y me puse mi camiseta más cómoda para dormir. Tenía a Jimi Hendrix estampado en la parte delantera, la imagen en la que está en un jardín sentado a una mesa lista para el té y que se considera la última foto que le sacaron en su vida. Me encantaba ese tipo de cosas y me encantaba Jimi, por lo que le había dado muy buen uso a esa camiseta.

Llegué a la conclusión de que era hora de investigar un poco sobre mi *novio,* así que encendí el portátil justo en medio de mi cama y metí en Google el nombre que había leído en su carné de conducir cuando me lo enseñó: *Ethan James Blackstone.*

Lo cierto es que no aparecieron millones de entradas. Aparecía en Wikipedia y había varios enlaces a la web de Seguridad Blackstone. Sin embargo, Wikipedia me sorprendió. Ethan sobre todo era conocido por ser una celebridad jugando al póquer en partidas de grandes apuestas. Había ganado un torneo mundial en Las Vegas hacía seis años a la impresionante edad de veintiséis primaveras. Había ganado mucho dinero. El dinero suficiente para empezar un negocio. Y teniendo en cuenta sus antecedentes militares en las Fuerzas Especiales, enseguida encontró su hueco. Por lo tanto, eso hacía que ahora tuviera treinta y dos años. Hice cuentas. Casi ocho años mayor que yo.

Las imágenes de Google mostraban algunas fotos de él, sobre todo de su gran victoria al póquer. Tenía que preguntarle a mi padre si había oído alguna vez algo de Ethan. A él le encantaban los torneos de póquer y todavía jugaba a veces.

Seguí mirando más páginas con imágenes y me detuve cuando encontré una de él. Era una foto con el primer ministro y la Reina. *Joder*... ¿El primer ministro italiano y el presidente de Francia? Sentí un cosquilleo por la espalda. ¿Era Ethan como James Bond o algo parecido? ¿De qué tipo de seguridad se encargaba, maldita sea? Si esta era la gente a la que protegía, entonces su clientela era *muy* importante. Estaba alucinada. Me anoté mentalmente que la próxima vez que viera al padre de Gabrielle le preguntaría si había escuchado algo sobre Ethan. Era policía en Londres y si alguien podía saber algo ese era Rob Hargreave.

No había visto ni una solo foto de Ethan en ningún evento social con una mujer y me pregunté si tendría poder como para deshacerse de esas imágenes. Imposible que viviera en celibato teniendo en cuenta que desprendía sexo por cada poro de su piel. Y si decía la verdad sobre lo de que no llevaba chicas a su casa, entonces ¿dónde se acostaba con ellas? Argh, mejor ni pensarlo.

Apagué el ordenador y la luz y me metí en la cama. Saqué su corbata morada de debajo de la almohada y me la llevé a la nariz. Su reconfortante aroma me invadió al instante. Ahora me sentía incluso más pequeña dadas las circunstancias. Y me pregunté por qué un hombre como él se habría fijado en mí. ¿Solo por mi retrato en la exposición de la galería? La idea no parecía muy creíble.

Traté de vencer mis miedos y pensar en lo que me había propuesto esa noche. Y recordé lo bien que me sentía con él y cómo hacía que mi cuerpo ardiese de placer durante el sexo. No me tenía que preocupar de nada raro o turbio con Ethan. Era, ante todo, terriblemente sincero. Era controlador, eso seguro. Pero me gustaba. Me había quitado presión en un aspecto de mi vida en el que tenía escasa seguridad en mí misma. Quería estar con él, pero, sinceramente, dudaba de que él quisiera estar conmigo cuando conociera toda mi historia.

Capítulo
9

El puente de Waterloo me puso los pies en la tierra a la mañana siguiente. En casa me recibió el olor celestial del café que había preparado mi compañera de piso. Me encontré con Gaby media hora después cuando salía por la puerta para ir a clase.

—¿Vas a ir a la exposición de Mallerton el día 10? —me preguntó.

—Quiero ir. Ahora estoy restaurando uno de sus cuadros, llamado *Lady Percival*. Esperaba descubrir algo más sobre su procedencia. Ha sufrido daños debido al calor y se ha derretido el barniz sobre el título del libro que tiene en la mano. Mataría por saber qué libro es. Es como un secreto que necesito descubrir.

—¡Bien! —Dio palmas y un saltito—. Es la exposición por el aniversario de su nacimiento.

Hice como que contaba con los dedos.

—Vamos a ver, ¿sir Tristan cumpliría doscientos veintiocho años?

—Doscientos veintisiete para ser exactos. —Gabrielle estaba sumida en su tesis sobre el pintor romántico Tristan Mallerton, así que cuando había algo que tenía que ver con él era la primera en la cola para comprar entradas.

—Bueno, solo me he pasado un año. No está tan mal.

Sonrió ampliamente mostrando sus perfectos dientes blancos y sus labios carnosos, que me hicieron preguntarme por qué no era ella la modelo. Los reflejos cobrizos de su pelo oscuro combinados con su piel un poco aceitunada le daban un toque exótico. Los hombres caían a sus pies, pero ella no quería saber nada de ellos. Como yo, pensé. Hasta que apareció Ethan y alteró mi cómoda existencia.

—Vamos a planearlo para ir juntas y que sea una noche especial. Eso sí, quiero un vestido nuevo. ¿Quieres organizar también un día de compras?

Gaby sonaba y parecía estar demasiado emocionada como para decirle que no.

—Suena estupendo, Gab. Necesito algunas distracciones en mi repentinamente complicada vida. —Ladeé la cabeza y articulé con los labios la palabra «Ethan».

Mi amiga me miró de arriba abajo y cruzó los brazos.

—¿Qué pasa con vosotros dos?

—Él quiere una relación seria. Una de verdad en la que durmamos juntos y hagamos la cena y veamos la tele.

—Y un montón de sexo orgásmico y apasionado —añadió Gaby, y luego me tendió los brazos—. Ven aquí. Parece que necesitas un abrazo.

La abracé y me aferré a mi amiga.

—Tengo miedo, Gab —le susurré al oído.

—Lo sé, cariño. Pero te he visto con él. He visto cómo te mira. Puede que este sea el definitivo. No lo sabrás si no lo intentas. —Me tocó la cara—. Me alegro por ti, y creo que vas a tener que darle un voto de confianza. Hasta ahora el señor Blackstone está en mi lista buena. Si eso cambia y te hace daño o como te toque un mínimo pelo de tu inocente cabeza, entonces los huevos de ese guaperas se van a transformar en un juego de Klik-Klaks. Y, por favor, díselo de mi parte.

—¡Dios, cómo te quiero, tía! —Me reí y me fui a clase, pensando cómo darle la noticia a Ethan. Tres horas más tarde me mandó un mensaje.

Ethan Blackstone: <---echa d menos a Brynne. Cuándo t veré?
<fin sms>

Sonreí al leer las palabras. Me echaba de menos y no le asustaba reconocerlo. Debo admitir que el enfoque directo de Ethan hacía maravillas para calmar mis nervios y temores por tener una relación con él. Me armé de valor y contesté.

Brynne Bennett: <---está :) Muy pronto si no stas dmsiado ocupado. Puedo ir a tu ofcina?
<fin sms>

Mi teléfono se iluminó casi de inmediato con un enfático *SÍ* junto con instrucciones de adónde ir, qué ascensor coger, planes para invitarme a almorzar…, el típico modus operandi de mi Ethan. Eso también me hizo sonreír. *¿He dicho* mi *Ethan?* Y tanto que sí, pensé mientras me metía en la estación del metro y comenzaba a bajar las escaleras.

Quería pasar por una farmacia de camino para comprar la medicina de la receta que me había dado la doctora Roswell, así que me bajé del metro dos estaciones después. Salí a la calle, entré en una tienda Boots y entregué la receta. Cogí una cesta de la compra y eché un vistazo alrededor mientras esperaba a que el farmacéutico la buscase. Se me ocurrió una idea y decidí llevarla a cabo, así que empecé a coger artículos de las estanterías y a dejarlos caer en mi cesta.

En la cola para pagar me fijé en un tío grande que estaba esperando detrás de mí con una triste botella de agua en la mano. Bueno, también me fijé en su tatuaje. Tenía una auténtica preciosidad en la cara interna del antebrazo: un dibujo perfecto de la firma de Jimi Hendrix, con el gran remolino de la *J* tan nítido como si lo hubiese garabateado el propio Jimi.

—Bonito tatuaje —le dije, y me di cuenta de lo grandísimo que era. Por lo menos 1,95, puro músculo, con el pelo rubio platino y de punta y una cara que irradiaba confianza en sí mismo; con ese tío no había lugar a dudas de que era mejor no meterse.

—Gracias. —Sus ojos casi negros se relajaron solo un poco y me preguntó—: ¿Eres fan?

Su acento británico me calmaba por alguna razón y una vez más no correspondía para nada con su apariencia física.

—Muy fan —contesté con una sonrisa antes de volver al metro.

Me enchufé el iPod en el vagón. Por qué no escuchar algo de Jimi Hendrix y pensar en qué decirle a Ethan cuando le viera.

Seguridad Blackstone estaba en Bishopsgate, en el centro del casco antiguo de Londres, con todos los demás rascacielos modernos. Lo cierto es que esto no me pilló por sorpresa mientras intentaba imaginarme a Ethan detrás de un escritorio, con un traje de chaqueta sexy y su delicioso olor. Salí del metro en la estación de Liverpool Street y empecé a subir las escaleras hacia la acera. Me tropecé con un escalón y me agarré a la barandilla. Salvé las rodillas pero se me cayó la bolsa de la compra y se desparramó todo su contenido. Solté una palabrota entre dientes mientras me giraba para agacharme a recogerlo todo y, de repente, me topé con el mismo tío que había visto en la cola de Boots con el tatuaje de Jimi Hendrix.

Me ayudó eficientemente con mis cosas y me pasó la bolsa.

—Mira por dónde pisas —dijo bajito, y continuó subiendo las escaleras.

—Gracias —le grité a su espalda mientras se alejaba, con los músculos a presión bajo su camisa de vestir negra. Apenas había llegado a la acera cuando mi teléfono empezó a sonar.

> Ethan Blackstone: <--- sta preocupado. Donde stas?
> <fin sms>

> Brynne Bennett: <--- sta llegando. Paciencia!!!!
> <fin sms>

En el listado del panel del vestíbulo, Seguridad Internacional Blackstone aparecía comprendido entre los pisos cuarenta y cuarenta y cuatro, pero Ethan me había dicho que lo buscara en este último. Me dirigí al mostrador de seguridad y di mi nombre. El guarda sonrió ligeramente y me dio un bolígrafo para que firmara.

—El señor Blackstone la está esperando, señorita Bennett. Si pasa por aquí le haré una acreditación para que pueda entrar directamente en futuras visitas.

—Oh…, está bien. —Dejé que el hombre hiciera su trabajo y en cuestión de minutos estaba deslizándome hacia el piso cuarenta y cuatro con mi propia tarjeta de identificación de Seguridad Blackstone. Mi corazón se fue acelerando un poco más a medida que me acercaba a mi destino. Tragué saliva unas cuantas veces y me arreglé la chaqueta negra de cuero. La falda negra y las botas rojas a juego no eran de estar por casa ni por asomo, pero tampoco iba vestida como para ir a las oficinas de una empresa. De repente me sentí cohibida y supliqué por que la gente no se quedara mirándome. Eso lo odio.

Con el bolso en el hombro y mi bolsa de Boots en la mano, salí del ascensor y entré en un espacio muy elegante e ingeniosamente diseñado. Había fotografías en blanco y negro de maravillas arquitectónicas de todo el mundo enmarcadas en las paredes, grandes ventanales de cristal que daban a la ciudad y una pelirroja muy guapa detrás del mostrador.

—Brynne Bennett, he venido a ver al señor Blackstone.

Me miró de arriba abajo antes de levantarse del mostrador.

—Oh, la está esperando, señorita Bennett. La llevaré hasta su despacho. —Sonrió mientras me sujetaba la puerta—. Espero que le guste la comida china.

La seguí e ignoré el comentario, pero no porque no quisiera contestar, sino porque todo el mundo nos estaba mirando. Cada cabeza de cada puesto de trabajo se giró en nuestra dirección y se quedó observando. Quería que me tragara la tierra. Pero no sin antes matar a Ethan. ¿Qué demonios había hecho? ¿Anunciar con un correo electrónico masivo que su *novia* iba a pasarse a hacerle una mamada en su despacho? Noté cómo se me encendía la cara mientras seguía a la monísima recepcionista, que de hecho llevaba un anillo de compromiso en la mano izquierda. Probablemente solo me di cuenta de ese detalle porque me negaba a levantar la mirada y ver todas esas caras.

—Guau, menudo comité de bienvenida —dije entre dientes.

—No te preocupes, solo tienen curiosidad por ver con quién está el jefe, eso es todo. Soy Elaina, por cierto.

—Brynne —respondí. Se detuvo y dio un golpecito en unas magníficas puertas dobles de ébano antes de entrar.

—Y esta es Frances, la ayudante del señor Blackstone. Frances, la señorita Bennett ha llegado.

—Gracias, Elaina. —Frances sonrió y se dirigió a mí—. Señorita Bennett, es un placer conocerla. —Extendió la mano y me dio un apretón firme. Me pregunté si estaba mal el hecho de que me gustara que la secretaria de Ethan fuera con toda probabilidad mayor que mi madre y fan de los trajes de poliéster. Mi inseguridad descendió unos cuantos puntos mientras le devolvía la sonrisa a Frances. Aun así, se la veía amable y al mando de sus aposentos cuando me señaló otro par de puertas—. Por favor, pasa, querida. Te estaba esperando.

Abrí la puerta, que parecía pesada pero que sin embargo era tan ligera que podría haberla empujado con el meñique, y hui hacia el despacho de Ethan. Cerré y me desplomé contra la puerta, buscándole con los ojos cerrados hasta que le encontré con el olfato.

—Así es. Sigue con eso. Sí. Quiero informes cada hora cuando estés en el terreno. Protocolo…

—Estaba al teléfono con alguien. Abrí los ojos y le miré mientras seguía apoyada contra la puerta de su despacho. Tan seguro de sí mismo y tan guapo con su traje gris de raya diplomática. ¡Y, quién lo iba a decir, otra corbata morada! Esta era tan oscura que rozaba el negro, pero qué bien le quedaba. Terminó de hablar por teléfono y me miró. Sentí el clic de la puerta contra la espalda. Sonrió con una ceja levantada. Le miré enfurecida.

—¡Toda esa gente mirándome, Ethan! ¿Qué has hecho? ¿Le has mandado un correo electrónico a toda la puta oficina?

—Ven aquí y siéntate en mi regazo. —Se echó hacia atrás en el sillón pegado a su gran escritorio y me dejó sitio. Sin reaccionar en absoluto a mi acusación. Esa hermosa boca solo me pidió tajante que fuese a él de inmediato.

Pues lo hice. Mis botas rojas fueron con paso firme hasta él y me dejé caer tal como me ordenó. Me rodeó con sus brazos y me empujó contra su cuerpo para darme un beso. Me puso considerablemente de buen humor.

—Puede que se me haya escapado unas cuantas veces que ibas a venir a verme. —Me subió la mano por el muslo debajo de la falda y noté el calor que emanaba su piel—. No te enfades conmigo. Has tardado una eternidad en llegar y he tenido que estar saliendo a preguntarle a Elaina si habías llegado.

—Ethan, ¿qué estás haciendo? —Murmuré contra sus labios mientras su mano seguía arrastrando sus largos dedos hacia su destino. Me abrió las piernas con determinación para poder seguir subiendo entre ellas hasta mi sexo.

—Solo toco lo que es mío, nena. —Recorrió mis pliegues por encima de las bragas de encaje rojo que llevaba puestas y luego apartó el tejido a un lado.

Contraje los músculos por la expectación y jadeé más fuerte.

—¿Cuántas veces has salido a preguntar por mí?

—Solo unas cuantas…, cuatro o cinco. —Su dedo encontró mi clítoris y empezó a acariciarlo formando círculos sobre ese cúmulo de sensaciones que ahora estaba resbaladizo, y me hizo perder la coherencia como de costumbre.

—Eso son muchas veces, Ethan… —Apenas pude pronunciar las palabras, estaba totalmente capturada por el placer que procedía de sus mágicos dedos. Abrí las piernas un poco más y cabalgué en su mano—. La puerta…

—Está cerrada, nena. No pienses en nada más que en mí y en lo que te estoy haciendo. —Ethan me agarró fuerte con una mano y me tenía cautiva con la otra. No podía hacer nada *excepto* concentrarme en el lugar al que me estaba llevando. Cambió al pulgar y apretó un poco más. Dos dedos entraron resbalándose en mí y comenzaron a acariciarme—. Joder, estás tan mojada… —Arremetió con su boca contra la mía y también la reclamó.

Grité mientras me corría sobre el regazo de Ethan, con sus dedos dentro de mi sexo y su lengua en mi boca, totalmente vencida y dominada. Y muy satisfecha. Me sujetó con firmeza como si temiera que fuera a intentar marcharme, pero no tenía por qué preocuparse.

Respiré profundamente y las sensaciones seguían filtrándose a través de mi torrente sanguíneo mientras intentaba procesar el efecto que este hombre ejercía sobre mí. Cerca de Ethan no tenía ningún tipo de autocontrol. Ninguno.

Le miré en cuanto pude y me taladraron esos ojos suyos increíblemente azules.

—Debes de tener la mano pringosa —dije sabiendo que lo que había dicho era verdad. *Estaba* empapada.

Sonrió de manera traviesa y movió los dedos, aún dentro de mí.

—Me encanta dónde está exactamente mi mano ahora mismo. Aunque ojalá tuviera esto dentro. —Apretó la polla contra mi culo y no dudé de que era verdad. Pude sentir lo dura que estaba y me estremecí.

—Pero… estamos en…, es tu despacho.

—Lo sé, pero esa puerta está cerrada con llave y nadie puede vernos aquí dentro. Tenemos intimidad total. —Me acarició el cuello con la nariz y susurró—. Solo tú y yo.

Me moví para bajarme de encima de él pero me sujetó con firmeza; un destello de disgusto pasó por sus ojos. Lo intenté de nuevo y esta vez me soltó. Me deslicé hasta el suelo de rodillas frente a su entrepierna y tenía casi todo mi cuerpo escondido detrás de su escritorio. Puse las manos encima de su erección y presioné. Levanté la mirada hacia él, vi el deseo en sus ojos y supe lo que tenía que hacer.

—Ethan…, te quiero lamer…

—¡Sí! —No necesité más indicaciones. Le desabroché el cinturón, le bajé la cremallera y descubrí mi premio. Dios, su pene era precioso. Ethan gimió cuando lo cogí con la mano y lamí la punta; me encantaba el sabor salado de su carne. Me retiré y lo miré un poco más. Esto había estado dentro de mí, unas cuantas veces, y nunca lo había visto realmente bien. Era grande y duro y suave como el terciopelo. Lo acaricié de arriba abajo y sonreí. Se estaba mordiendo el labio y mirándome como si fuera a explotar a la mínima.

—Eres perfecto —murmuré, y luego me metí en la boca su preciosa polla rosa. Ethan se agarró a la silla y empujó hasta el fondo de mi garganta. Me esforcé mucho, acariciándolo con la mano y lamiéndolo profundamente en la boca. Hice un movimiento rápido con la lengua sobre la vena que alimentaba su erección y le escuché gemir. No aminoré el ritmo ni me detuve. Iba a llegar hasta la línea de meta y pensaba salirme con la mía.

Debió de leer mi lenguaje corporal porque sus manos se movieron hasta mi cabeza y me sujetó mientras se follaba mi boca. Aguanté sin tener ni una sola arcada y cuando sus testículos se tensaron y supe que estaba a punto, lo agarré de las caderas con fuerza para que no pudiese apartarse.

—¡Oh, joder, me voy a correr! —Se puso duro como el acero y derramó la cálida esencia en el fondo de mi garganta, sujetándome la cabeza con las dos manos mientras llegaba al orgasmo—. Joder…, Brynne. —Jadeó con la respiración entrecortada.

Levanté la vista cuando salió de mi boca. Tragué despacio y vi su labio inferior temblar mientras me miraba. Me empujó hacia él, hacia arriba desde el suelo, aún con las dos manos a ambos lados de mi cara, y me besó lenta y profundamente y de una manera tan dulce que me encantaba. Me alegraba de haberle dado placer. Me hacía feliz hacerle feliz.

De nuevo en su regazo tras arreglarnos la ropa, nos pusimos cómodos y nos sentamos juntos en su silla. Me pasó los dedos por el pelo y me mordisqueó el cuello. Yo jugué con el alfiler de plata de su corbata, que parecía ser antiguo, y dejé que me abrazase un rato.

—Es precioso —le dije.

—Tú eres preciosa —susurró contra mi oreja.

—Me encanta tu oficina. Las fotografías de la recepción son increíbles.

—Me encanta que vengas a visitarme a la oficina.

—Ya lo veo, Ethan. Eres bastante... hospitalario. —Me reí tontamente. Me hizo cosquillas y consiguió que me retorciera durante demasiado tiempo, en mi opinión. Le di un manotazo para que apartara las manos de mis costillas.

—¿Qué me has comprado? Espero que sean golosinas —dijo mientras alcanzaba la bolsa de Boots—. Me gustan los caramelos Jolly Ranchers. Los de cereza son mis favoritos...

Le quité la bolsa antes de que pudiera mirar en su interior.

—¡Oye! ¿Acaso no sabes que no se mira en la bolsa de una chica? Podrías encontrar algo ahí dentro que nos avergonzara a los dos.

Frunció los labios y suspiró.

—Supongo que estás en lo cierto —dijo dándome la razón demasiado rápido. Luego sonrió como un demonio y me arrancó la bolsa de las manos—. Pero ¡quiero mirar de todas formas! —La mantuvo fuera de mi alcance y empezó a sacar artículos. Se quedó callado mientras extraía un cepillo de dientes morado y luego un tubo de pasta de dientes. Los puso en su escritorio y volvió a meter la mano en la bolsa. Salió un cepillo del pelo, crema hidratante y el brillo de labios que utilizo siempre. Siguió sacando todo lo que había comprado en Boots. Mi marca de champú favorita, crema de depilar, e incluso un frasco pequeño de *Dreaming* de Tommy Hilfiger que remató los artículos de aseo. Lo puso todo en fila de forma muy ordenada y me miró muy quieto y muy serio—. Pero creía que no podías quedarte, Brynne.

—Yo también. —Saqué lo último que quedaba en la bolsa. Mi medicina—. Pero la doctora Roswell me ha dado esto, además de fuerza para hacerlo. —Le toqué el pelo y se lo arreglé—. Son pastillas para ayudarme a dormir y que no me despierte como hice la última vez. Quiero decir, si soy tu novia entonces quiero… intentar quedarme a dormir contigo alguna…

Me cortó con un beso antes de que pudiese decir nada más.

—Oh, nena, me has hecho tan feliz… —me dijo entre más besos—. ¿Esta noche? ¿Te quedarás esta noche? Por favor, di que sí. —Su expresión me transmitió todo lo que realmente necesitaba saber. Quería que me quedara, con los malditos problemas de las pesadillas y todo.

Bajé la mirada hasta el alfiler de su corbata otra vez y le susurré:

—Si tú estás dispuesto a intentarlo y yo también, entonces ¿cómo puedo decir que no?

—Mírame, Brynne.

Lo hice y observé su fuerte mandíbula apretada bajo la perilla. Podía ver también un montón de emociones en él. Ciertamente Ethan nunca me escondía nada. Podría ser reservado en público, pero en privado, conmigo, iba con la verdad por delante. Lo que veías era lo que había. Me decía lo que quería de mí sin disculparse por lo directas que eran sus palabras.

—Quiero que lo veas en mis ojos cuando te digo que estoy más que dispuesto a intentarlo, y muy feliz de que tú también lo estés. —Me besó el pelo—. Y quiero que elijas una palabra. Algo que puedas decirme si necesitas irte porque estás asustada o si hago algo que no quieres que suceda. —Acercó mi cara a la suya—. Solo di esa palabra y pararé, o te llevaré a casa. Pero, por favor, no vuelvas a marcharte de esa manera nunca más.

—¿Como una palabra de seguridad? —pregunté.

Él asintió con la cabeza.

—Sí. Exacto. Necesito que confíes en mí. Lo necesito, Brynne. Pero también necesito confiar en ti. No puedo, no quiero sentirme como la otra vez. Cuando te fuiste por la noche… —Tragó saliva. Vi cómo le temblaba la garganta y supe que eso era importante para él—. No quiero sentirme como me sentí cuando te fuiste.

—Siento haberme ido así. Estaba abrumada. Me abrumas, Ethan. Tienes que saberlo porque es la verdad.

Apretó los labios contra mi frente y habló.

—Vale, pero solo dime cuándo. Di tu palabra, la que sea, y me apartaré. Pero no vuelvas a dejarme así.

—Waterloo.

Me miró y sonrió.

—¿Waterloo es tu palabra de seguridad?

Asentí con la cabeza.

—Eso es. —Miré hacia la comida que estaba servida en la mesa para nuestro almuerzo e inhalé. Según había dicho Elaina, era comida china y mi olfato le dio la razón.

—¿Me vas a dar de comer o qué? Creía que el almuerzo estaba incluido en el trato. —Le di un ligero golpe en el pecho con el dedo—. Una chica necesita algo más que un orgasmo, ¿sabes?

Ethan echó la cabeza hacia atrás, se rio y me dio un azote en el trasero.

—Pues venga, va. Vamos a darte de comer, mi preciosa chica americana. Tenemos que mantenerte en plena forma. Tengo grandes planes para ti esta noche.

Me guiñó el ojo con picardía. Supe que estaba perdida.

Capítulo
10

Mi teléfono sonó mientras estaba preparando la bolsa para pasar la noche fuera. Vi quién era y miré el reloj. Ethan me había dicho que estaría aquí a las siete para recogerme. Eran menos cuarto.

—¿Te estás arrepintiendo de invitarme a pasar la noche y vas a echarte atrás, Ethan?

Él se rio.

—Para nada, y espero que tengas la bolsa preparada, nena.

—Entonces ¿por qué no estás aquí para llevarme contigo?

—Sí, bueno, he tenido que mandar un coche a recogerte. Una emergencia relacionada con la empresa, un coñazo. El chófer se llama Neil y trabaja para mí. Te llevará a mi apartamento y quiero que te sientas como en casa hasta que yo llegue. ¿Harás eso por mí, cariño?

—Supongo. —La mente me daba vueltas por las implicaciones de estar yo sola en su casa. No estaba realmente asustada, pero la idea tampoco me entusiasmaba—. ¿Estás seguro, Ethan? Quiero decir, podemos quedar otra noche si estás ocupado.

—Voy a acostarme contigo esta noche, Brynne. En mi cama. Fin de la discusión.

—Oh, vaya. —Le sonreí desde el otro lado del teléfono—. ¿Puedo empezar a hacer la cena entonces? ¿Tienes comida en casa o le pido a tu chófer que pare en el supermercado?

—No hace falta que pare. Hay comida en la nevera e incluso algunas cosas en el congelador. Mi asistenta prepara comidas y las congela. Elige lo que quieras, disculpa un segundo. —Escuché voces disipadas y a Ethan hablando con alguien—. Me tengo que ir, nena. Nos vemos en cuanto llegue.

Le dije adiós, pero ya había colgado. Me quedé mirando el teléfono un momento antes de dejarlo en su sitio, absorta entre tantas sensaciones extrañas, y volví a sentirme como Alicia en el

País de las Maravillas. Mi vida parecía avanzar tambaleándose a toda velocidad y era incapaz de controlarla. Había pasado de chica soltera a novia en poco más de una semana sin ningún indicio de que el ritmo fuese a disminuir. En absoluto.

Mi teléfono volvió a iluminarse sin identificación de llamada en la pantalla.

—¿Hola? —contesté.

—Señora, me llamo Neil McManus. El señor Blackstone me dio instrucciones de recogerla. Hay un Range Rover negro esperándola abajo. —El suave acento inglés formaba eficientemente las palabras.

Neil. Recordé lo que Ethan me había dicho sobre el chófer.

—Claro. Ahora mismo bajo. —Me colgué la bolsa al hombro y salí a la calle en un pispás. El coche que me esperaba parecía el Range Rover de Ethan, pero paré en seco cuando me fijé en Neil-el-chófer; enorme, musculoso, rubio teñido, con el pelo de punta y los ojos muy oscuros.

—¡Tú! —dije, completamente estupefacta. Era el tío del tatuaje de Jimi Hendrix.

—Sí, señora. —Me abrió la puerta trasera; su expresión no revelaba nada.

—¡Me has estado siguiendo hoy! —No era una pregunta y estoy segura de que Neil se dio cuenta. Tiré mi bolsa al suelo, crucé los brazos por debajo del pecho y le reté con la mirada—. Dame una buena razón por la que debería subir a ese coche contigo, *Neil*.

Este sonrió brevemente y bajó la mirada hasta mi bolsa en la acera.

—¿Porque trabajo para el señor Blackstone? —Le respondí a Neil con mi gesto más inexpresivo. Lo volvió a intentar—. ¿Porque me pondrá de patitas en la calle si no la dejo en su apartamento tal como me ordenó? —Volvió a mirarme, y sus ojos negros irradiaban sinceridad—. Me gusta mucho mi trabajo, señora.

Mi cabeza empezó a dar vueltas con más pensamientos incontrolados sobre lo que estaba haciendo, lo que tramaba Ethan, sobre cuántas personas estaban involucradas en mis asuntos, y mi lista podría haber continuado sin parar. Oh, Dios, ¡vaya que si necesitábamos hablar! Aun así, no era justo pagar mis frustraciones con Neil, quien, por lo que parecía, solo estaba haciendo su trabajo.

—Está bien, Neil. —Recogí mi bolsa y me metí en el asiento trasero—. Pero solo si dejas de llamarme señora, ¿entendido? Me llamo Brynne. Y si al *señor* Blackstone no le gusta, puedes decirle de parte de esta yanqui informal que se vaya a la mierda. ¡Debería saber que las chicas americanas detestan que las llamen señora!

Neil ladeó la cabeza hacia mí y sonrió al tiempo que cerraba la puerta.

Empezó a conducir mientras a mí me hervía la sangre en el asiento de atrás. El silencio me irritaba, así que me imaginé que sería mejor sacarlo todo a la luz.

—Entonces Ethan te ha contratado para que me vigiles por todo Londres, ¿eh?

—Protección, señora…, digo…, Brynne. No la estoy vigilando —contestó Neil.

—¿Protección contra qué? —pregunté—. ¿También me sigues cuando salgo a correr por las mañanas?

Neil me miró a través del espejo retrovisor.

—La ciudad puede ser un lugar peligroso. —Sus ojos volvieron a la carretera. Había empezado a llover y los limpiaparabrisas se movían rítmicamente de derecha a izquierda—. Es que él es muy atento, eso es todo —dijo Neil en voz baja.

—Sí, lo sé. —Ethan es atento y controlador, y para mi gusto, demasiado arrogante la mayoría del tiempo. Se había metido en un lío conmigo—. ¿Y cuánto tiempo llevas trabajando para él, Neil? Ethan no me cuenta absolutamente nada, así que supongo que tú me puedes poner al corriente. —Le sonreí al retrovisor para que me viera.

—Seis años. Nos conocimos en las FE.

—Eso son las Fuerzas Especiales, ¿verdad? Entonces ¿sois una especie de James Bond para el Gobierno británico?

Neil se rio con ganas y negó con la cabeza.

—Ahora entiendo por qué el señor Blackstone te tiene vigilada, Brynne. Tienes mucha imaginación.

—Sí, Ethan también me lo ha dicho —contesté con indiferencia.

Por muy enfadada que estuviese por las acusaciones de Ethan, que estaban del todo fuera de lugar, no podía pagarlo con Neil. Parecía un buen tipo y tenía muy buen gusto musical. Me caía bien. Neil solo estaba haciendo su trabajo conmigo. Cualquiera que fuese.

Neil aparcó el coche y subimos en el ascensor por la entrada del garaje. Antes de darme cuenta, me encontraba otra vez en la preciosa casa de Ethan, solo que esta vez sin Ethan.

Neil hizo que me guardara su número en el móvil y dijo que estaría cerca por si necesitaba algo.

—¿Cómo de cerca es cerca? ¿Tengo intimidad aquí dentro? No puedes verme dentro de la casa, ¿verdad? —Le miré a los ojos buscando señales delatoras de subterfugio—. Ni se te ocurra mentirme, Neil. Saldré por la puerta tan rápido que Ethan sentirá el aire despeinarlo donde diablos quiera que esté en este momento.

Neil se estremeció.

—Aquí tienes total intimidad. En el apartamento no hay cámaras, pero fuera en el pasillo sí. Así que si te vas, te veré. Estoy en otro apartamento ahí enfrente. No muy lejos. El señor Blackstone quiere que te sientas como en tu casa. —Se puso el teléfono en la oreja y se fue—. Llámame si necesitas algo, Brynne.

Escuché el pestillo de la puerta; mi guardián se había ido.

Bueno, todo esto era raro. Sola en casa de Ethan, con mi bolsa preparada para pasar la noche y la cabeza hecha un lío. Me preguntaba si alguna vez volvería a sentirme normal.

Como lo primero es lo primero, fui hasta la nevera, saqué una botella de agua fría y me bebí media. El interior de la nevera de Ethan estaba bien abastecido de muchas cosas frescas con las que trabajar, así que la cena no era un problema. Después analicé su cafetera y se me hizo la boca agua. *Muy, pero que muy buena.* La puse a calentar y revisé el congelador. La asistenta de Ethan era organizada hasta tal punto que etiquetaba y ponía la fecha en las comidas congeladas y las metía en bonitos recipientes para identificarlas con facilidad. No les hice caso. De todas formas, no tenía mucha hambre después del superalmuerzo de comida china que nos habíamos metido en su oficina.

Me fui al dormitorio e inmediatamente me invadieron los recuerdos de la última vez que estuve en esa habitación. Cerré los ojos y respiré el aroma de Ethan. Estaba en todas partes hasta cuando él no se encontraba allí. Entré en su cuarto de baño. La ducha en forma de gruta de mármol travertino era preciosa y la idea de sumergirme en una bañera así de espléndida era un sueño para una chica que apenas tenía una medio decente en su apartamento. Supe lo primero que iba a hacer.

Una hora después tenía la piel rosada por el calor y suave por las burbujas. Me había puesto mi camiseta de Jimi Hendrix y unos bóxers de seda de Ethan que hacían frufrú. Había organizado mis compras de Boots en un cajón del baño, me había depilado las piernas y me había untado una loción con olor a prímula.

Deambulé de vuelta a la cafetera y me puse una taza antes de recorrer las demás habitaciones del apartamento de Ethan. El gimnasio casero tenía una cinta de correr de última generación frente a los ventanales. Las vistas me dejaron sin aliento. Me encantan las vistas de una ciudad iluminada de noche, aunque en este caso me imaginé que serían igual de espectaculares durante el día.

Encontré lo que pensé que era su oficina y giré el picaporte. La habitación tras la puerta era efectivamente un despacho. Había un enorme escritorio de roble y en la pared de enfrente un panel de monitores de televisión y otros equipos de alta tecnología. Pero fue la pared de detrás del escritorio la que me llamó la atención: un acuario de agua salada brillaba con luces de colores y burbujas sobre el agua ondulante. Me acerqué y me fijé en el arcoíris de peces que revoloteaban alrededor de elegantes formaciones de coral. Sin embargo, el pez león no revoloteaba. Se acercó al cristal y desplegó un abanico de aletas multicolores hacia mí a modo de saludo.

—Hola, cosita linda. Me pregunto cómo te llama. —Le hablé a mi acompañante marino y le di un trago a mi café.

Me comí un yogur de cerezas en la barra de la cocina y me puse una segunda taza de café. Una de las paredes del salón principal estaba repleta de estanterías con libros. Examiné con detenimiento su colección, que era, cuando menos, ecléctica. Clásicos, de misterio, contemporáneos y montones de novelas históricas ocupaban la mayor parte. Había algunos de historia militar y libros de fotografía. También una gran cantidad de estadística y juegos de azar. Tenía ficción popular y hasta algunos libros de poesía que me hicieron sonreír. Me gustaba que Ethan valorase los libros.

Cogí un libro de cartas de Keats a Fanny Brawne y me lo llevé a la sala de estar para sentarme en el sofá y disfrutar de la lectura. Tenía mi café, unas cartas de amor y desasosiego de un poeta a su amada y las luces centelleantes de la noche de Londres desplegadas frente a mí.

Pasé una agradable hora hasta que dejé el libro a un lado. Miré la ciudad por la ventana. Este era el sitio donde Ethan me había desnudado, justo enfrente de su balcón. Me había traído hasta aquí y me había dicho que nada era comparable con verme a mí de pie en el salón de su casa. *Oh, Ethan*. Decidí mandarle un mensaje.

Brynne Bennett: <--- sta enfadada contigo x lo d Neil. Stas loco?!!!
<fin sms>

Ethan Blackstone: <---loco x ti y tenemos que hablar d cosas. T echo d menos.
<fin sms>

Brynne Bennett: <---lleva puestos tus bóxers y + t vale, tío!
<fin sms>

Ethan Blackstone: <---se ha empalmado x imaginart con mis bóxers. Xfa déjalos en la almohada xq no los pienso lavar.
<fin sms>

Brynne Bennett: <---sigue enfadada y cree q tu cafetera s la mejor.
<fin sms>

Ethan Blackstone: <---cree q mi novia es la mejor. Has comido algo?
<fin sms>

Brynne Bennett: <---sí.Tienes un pez león d mascota. :)
<fin sms>

Ethan Blackstone: Es Simba. Yo lo mimo y él me aguanta. Tenéis muxo en común.
<fin sms>

Brynne Bennett: T qedas sin mamadas solo x ese comentario. :P
<fin sms>

Ethan Blackstone: <---se muere x azotart ahora mismo... y besart... y follar. M stas matando nena.
<fin sms>

Brynne Bennett: <---tiene sueño. Voy a tomarm pastilla y meterm n tu cama. No m provoques.
<fin sms>

Ethan Blackstone: Nunca… Vet a dormir mi preciosa.T encontraré. <3
<fin sms>

Me levanté del sofá de Ethan y me dirigí a la cocina a lavar los platos. Limpié la cafetera y la preparé para la mañana siguiente. Todo lo que tendría que hacer era encenderla. Utilicé mi nuevo cepillo de dientes morado y me tomé la pastilla para dormir. Las sábanas supersuaves de la cama de Ethan olían a él; me tranquilizaban y me reconfortaban en mi soledad. Me impregné en su aroma y me quedé dormida.

Unos brazos firmes me abrazaron. El olor que adoraba pendía a mi alrededor. Unos labios me besaron. Abrí los ojos en la noche y vi sombras. Aunque sabía quién estaba conmigo. Mi despertar fue tranquilo y suave, algo bueno, y para mí una experiencia completamente nueva.

—Estás aquí —murmuré contra sus labios.

—Y tú también —susurró él—. Joder, cómo me gusta encontrarte en mi cama.

Las manos de Ethan habían estado ocupadas mientras yo dormía. Me di cuenta de que estaba desnuda de cintura para abajo; me había quitado sus bóxers de seda. Ethan también estaba desnudo. Podía sentir sus músculos duros y su piel sólida intentando mezclarse con la mía. Mi camiseta estaba levantada y mis pechos estaban siendo devorados por sus ásperos labios; su perilla me hacía cosquillas en mi sensible piel mientras jugueteaba con mis pezones, tirando y lamiéndolos hasta que me convertí en una criatura que gemía y se retorcía debajo de él.

Hundí las manos en su pelo y sentí el movimiento de su cabeza mientras veneraba mis pezones y me acariciaba. Se detuvo y me quitó la camiseta del todo y se quedó mirándome, hambriento y hermoso. La luz del baño principal se filtraba lo suficiente como para permitirme verle ligeramente y me alegré. Necesito ver a Ethan cuando se acerca a mí. Me tranquiliza saber que estaré a salvo con él.

—Tu cama huele a ti —dije.

—Tú eres lo único que quiero oler, y ahora mismo muero por tenerte en mi boca. —Entonces me abrió las piernas y descendió.

—¡Oh, Dios, Ethan! —Las maniobras de su lengua en mi hendidura, arremolinándose sobre la carne acalorada abierta para él, me hizo pasar de adormilada a excitada en menos de un segundo. No podía estarme quieta a pesar de que él me tenía bien sujeta por la cara interna de los muslos. El orgasmo vino a mí tan rápida y tan violentamente que me escuché a mí misma gritar a su paso, mientras cabalgaba en su lengua con lujuria y mis músculos se contraían y vibraban de placer abrasador.

Ethan gimió contra los labios de mi sexo y se apartó, mirando probablemente lo que quería poseer. Ethan no pidió permiso. Simplemente me poseyó.

Me levantó las piernas por encima de sus hombros y me taladró fuerte y profundamente. Hizo ruidos mientras su sexo me llenaba. Yo estaba inmovilizada por su invasión y todavía no me había recuperado del orgasmo, así que solo pude aguantar mientras me follaba. El sexo era apasionado y brutal con él diciéndome lo bien que le hacía sentirse, lo mucho que me deseaba aquí en su cama y lo hermosa que era. Todo palabras para acercarme a él. Para hacerme más dependiente de él. Más enredada en su mundo. Y yo lo sabía.

Ethan me hizo llegar al orgasmo una vez más; sus caricias casi castigadoras tenían la intención de reclamar primero y dar placer en segundo lugar. Pero el placer era infinito cuando llegaba al mismo tiempo que su explosivo orgasmo. Sentí cómo mis lágrimas se deslizaban por las sábanas cuando acepté lo que me daba. Dijo mi nombre ahogado, me miró fijamente a los ojos como las demás veces. Supe que había visto mis lágrimas.

Apartó mis piernas de sus hombros y se apoyó contra mí, sujetándome la cara y acariciándome; examinándome con sus ojos azules, aún dentro de mí, encorvándose despacio y profundamente con su habilidoso sexo, alargando el placer.

—Eres mía —susurró.

—Lo sé —le respondí con otro susurro. Me besó con nuestros cuerpos unidos mientras exploraba con suavidad mis labios y me daba ligeros tirones y mordisquitos sin hacerme daño. Se aferró a mí y me besó durante mucho tiempo antes de salir de mi cuerpo.

En mi cabeza follar con Ethan solo podía describirse como algo bonito. Sé que para otros sería pornográfico, pero para mí era simplemente un bonito acto que nos unía más. Tener relaciones íntimas así con él, que me deseaba de forma tan intensa, era una droga adictiva. Más potente que nada de lo que hubiera experimentado antes en mi vida. Creo que podría perdonarle a Ethan prácticamente todo. Y ese era mi gran error.

Capítulo
11

Ethan me trajo el café a la cama a la mañana siguiente. Me senté apoyada en el cabecero y tiré de las sábanas para taparme. Él levantó una ceja mientras se sentaba en el borde de la cama y me pasó la taza con cuidado.

—Creo que lo he hecho bien, pero pruébalo y dime.

Le di un sorbo e hice una mueca.

—Le he puesto la mitad de leche y tres cucharadas de azúcar —dijo encogiéndose de hombros—. Tú misma preparaste la cafetera. Todo lo que he hecho es pulsar el botón de la máquina.

Le hice esperar un minuto más antes de sonreírle y darle otro sorbo a mi delicioso café.

—¿Qué? Solo me estoy asegurando de que estás capacitado para preparar un café en condiciones. Tengo mis exigencias. —Le guiñé un ojo—. Creo que me servirás, a falta de algo mejor, señor Blackstone.

—Eres malvada, te burlas de mí. —Se inclinó para besarme, con cuidado con el café caliente—. Me gusta esto de tener la cafetera preparada desde la noche anterior. Me pregunto por qué no se me ha ocurrido nunca. —Se quedó cerca de mi cara, mirándome intensamente, con el pelo todavía alborotado de dormir y de todo el sexo, y arreglándoselas aun así para parecer un dios—. Creo que deberías estar aquí cada noche para poner la cafetera antes de meterte en mi cama. —Me puso la boca justo en el cuello y me acarició—. Así puedo traerte el café por las mañanas cuando estés desnuda y preciosa y con todo tu cuerpo oliendo a mí después de una noche de sexo.

Me estremecí con sus palabras y las imágenes de esa verdad absoluta, pero aún teníamos cosas de que hablar. Y esto era un problema entre Ethan y yo. No hablábamos lo suficiente de las cosas que necesitábamos resolver. Cuando se acercaba a mí, la ropa volaba por los aires, mi cuerpo cedía ante él y, bueno, lo cierto es que nunca hablábamos mucho después de eso.

—Ethan —dije suavemente con la mano en su mejilla para detenerlo—, tenemos que hablar de lo que está pasando. Lo de Neil, el guardaespaldas. ¿Por qué hiciste algo así sin decírmelo?

—Iba a decírtelo anoche después de traerte aquí, pero las cosas no salieron como había planeado. —Su cara se separó de mí y miró hacia abajo—. Ahora mismo la ciudad está llena de desconocidos, nena. Tú eres una mujer hermosa y no creo que sea seguro que cojas el metro y andes por ahí tú sola. Acuérdate de aquel gilipollas de la discoteca.

—Pero hacía eso antes de conocerte y estaba perfectamente.

—Sé que lo estabas. Y entonces tampoco eras mi novia. —Ethan me dedicó una de sus miradas cortantes, las que hacían que me pusiera tensa y esperase que me golpeara la ráfaga de aire ártico—. Llevo una empresa de seguridad, Brynne. Es lo que hago. ¿Cómo puedo permitir que te pasees por todo Londres cuando conozco los peligros? —Me puso una mano en la cara y empezó con las caricias con el pulgar otra vez—. ¿Por favor? ¿Por mí? —Apoyó la frente contra la mía—. Si te pasara algo me moriría.

Le puse una mano en el pelo y hundí los dedos en él.

—Oh, Ethan, tú quieres mucho de mí y a veces siento que me arrastras. Hay tanto de mí que no sabes. —Él empezó a hablar y yo le callé con los dedos sobre la boca—. Cosas que aún no estoy preparada para compartir contigo. Dijiste que podíamos tomárnoslo con calma.

Besó los dedos que había posado en sus labios y luego los apartó.

—Lo sé, nena. Lo dije. Y no quiero hacer nada que ponga en peligro nuestra relación. —Me besó el cuello y me mordisqueó el lóbulo de la oreja—. ¿Podemos hablar de un acuerdo? —susurró.

Le tiré del pelo para que dejara las técnicas de seducción y me mirara.

—Primero tienes que hablar conmigo de verdad, sin intentar distraerme con sexo. Eres muy bueno distrayéndome, Ethan. Solo dime lo que quieres que haga y yo te diré si puedo hacerlo.

—¿Qué te parece aceptar un chófer? —Con un dedo trazó una línea sobre la parte superior de mis pechos, donde la sábana se estaba resbalando—. No más paseos hasta el metro o llamar a taxis en la oscuridad. Tienes un coche que te llevará a donde quieras ir. —Hizo una pausa y me inmovilizó con sus expresivos ojos, que tanto me decían sobre su deseo de protegerme—. Y yo me puedo quedar tranquilo.

Le di otro sorbo al café y decidí hacer mi propia pregunta directa.

—¿Y por qué necesitas quedarte tranquilo por mí?

—Porque eres muy especial, Brynne.

—¿Cómo de especial, Ethan? —susurré, porque me daba un poco de miedo escucharlo. Ya estaba asustada por mis propios sentimientos hacia él. En tan poco tiempo me había poseído.

—¿Para mí? Más especial imposible, nena. —Sonrió con su distintiva sonrisa de medio lado y me hizo sentir mariposas en el estómago.

No dijo que me quería. Pero yo tampoco se lo había dicho a él. De todas formas sabía que le importaba.

Volvió a mirar hacia abajo y me cogió la mano que tenía libre con la palma hacia arriba. Se me veía la cicatriz de la muñeca. De la que me avergüenzo y la que intento esconder siempre, pero es imposible ocultarla a la luz del día y desnuda. Trazó la línea irregular con la yema del dedo, de una manera tan suave que pareció una caricia. No me preguntó cómo me la había hecho y no me ofrecí a contárselo. El dolor del recuerdo, añadido a la vergüenza, me paralizaban para hablar de ello.

Sentía algo por ese hombre pero no podía compartir eso con él todavía. La humillación que sentía era demasiado horrible y repelente como para sacarla a la luz. Ahora mismo solo quería sentirme deseada. Ethan me deseaba. Y eso fue suficiente para decirle que sí. Poco a poco. Yo aceptaría su ofrecimiento de un chófer y él aceptaría mi incapacidad para compartir mi pasado con él. Iríamos despacio.

—Vale. —Me incliné hacia delante y le besé en el cuello, justo por encima de su camiseta; el pelo de su pecho me hizo cosquillas en la boca y su viril aroma me era tan familiar hasta el punto de convertirse en una absoluta necesidad junto con la comida, el agua y el respirar—. Yo aceptaré el chófer y tú serás honesto conmigo y me dirás todo lo que haces. Necesito sinceridad. Me gusta que seas directo conmigo. Me dices lo que quieres para que lo entienda.

—Gracias. —Empezó a besarme otra vez.
Apartó mi café y tiró de la sábana. Se quitó la camiseta, se deshizo de los pantalones de deporte y
se estiró frente a mí. Por fin pude verle bien el
cuerpo. Totalmente desnudo. A la luz.

¡Dios mío!

Le miré desde su pecho cincelado y sus duros pezones hasta su impresionante y precioso
pene, completamente fascinada. Iba cuidado-
samente depilado, nada raro, solo bonito y totalmente masculino.

Se detuvo y ladeó la cabeza.

—¿Qué?

Le empujé hacia atrás para que se sentara en
sus rodillas y yo me levanté.

—Quiero mirarte. —Arrastré las manos por
todo su cuerpo, por encima de sus pezones y su
abdomen, que estaba tan indecentemente escul-
pido que era una verdadera injusticia para el resto de la población masculina, hasta sus tonificados
muslos salpicados con vello oscuro. Él me dejó
tocarlo y controlar el momento—. Eres tan hermoso, Ethan.

Hizo un ruido con la garganta y su cuerpo se
estremeció. Nuestros ojos se encontraron y hubo

un intercambio; una comunicación de sentimientos y comprensión de hacia dónde nos dirigíamos en esta fuerza que nos conectaba.

Bajé la mirada hasta su miembro, duro y palpitante. Una gota en la punta confirmaba lo preparado que estaba para mí. Le deseaba tanto que me dolía. Quería darle placer y hacerle desmoronarse como él a mí, que explotara en mil pedazos. Bajé la cabeza y me metí su preciosa verga en la boca. Mi deseo se hizo realidad unos minutos más tarde.

También entramos juntos en la ducha, o debería decir que yo lo hice cuando él me empujó hasta la esquina, se puso de rodillas y me devolvió el favor. El sexo nunca terminaba con este hombre. Y yo estaba con él a bordo de ese tren imparable y tenía un abono de viajero frecuente. No había tenido tanto sexo desde…

No pienses en eso ahora y no arruines este momento con él.

Ethan tenía un tatuaje en la espalda. Justo a lo largo de los hombros lucía unas alas de un tamaño mediano. Parecían un poco góticas y casi grecorromanas por el grosor de la tinta. Me encantaba la cita de debajo de las alas: *Solo fue pro-*

ducto de un sueño. Lo vi en la ducha cuando se giró para coger el jabón.

—Es de Shakespeare, ¿verdad? —Recorrí la tinta con la mano y entonces fue cuando vi las cicatrices. Muchas líneas blancas y rugosidades. Tantas que no se podían contar. Di un grito ahogado y contuve de golpe el aliento, terriblemente triste al pensar que había sido herido de manera grave. Quería preguntar pero me mordí la lengua. Yo no me ofrecí a contarle lo de mis cicatrices.

Volvió a darse la vuelta y me besó en los labios antes de que pudiera decir otra palabra. Ethan no quería hablar de sus cicatrices más de lo que yo quería hablar de las mías.

Después de más de una semana durmiendo en casa de Ethan, necesitaba volver a mi apartamento a por algo más que ropa limpia. Necesitaba una recarga en mi propio hogar. Ethan accedió a venir aquí esta noche. Le dije que la vida de pobre era buena para el alma. Él bromeó diciendo que no le importaba mientras tuviese algo de comer y una cama en la que pudiéramos pasar la noche desnudos. Le contesté que si aparecía Gaby se tendría que vestir; que no iba a permitir que mi compañera de piso deseara el físico divino de mi novio. Él se rio y me contestó que le encantaba el sonido de los celos en mi voz. Le pedí que viniera con hambre para cenar y completamente vestido. Aún se estaba riendo cuando colgamos.

Cuando Neil me dejó de vuelta en casa me cambié y me puse unos pantalones de deporte y una camiseta cómoda. Me había recogido en Rothvale y habíamos parado en el supermercado a por los ingredientes de la cena mexicana que tenía planeada. Ethan sabía que la comida mexicana era mi favorita y estaba decidida a reclutarlo en mi equipo. ¿Cuál sería el menú de esta noche? Tacos de pollo con salsa de maíz y aguacate. Si a Ethan no le gustaba, entonces le prepararía un burrito. Ningún tío se puede resistir a un burrito cargado de carne, frijoles, queso y guacamole. Espero. Los británicos son muy raritos para la comida.

En cuanto dejé preparado el pollo y me lavé las manos, decidí llamar a mi padre. Para él era por la mañana, por lo que ya estaría en el trabajo, pero si no estaba demasiado ocupado podríamos charlar un rato. Puse el teléfono en modo altavoz y marqué el número de su oficina.

—Tom Bennett.

—Hola, papá.

—¡Princesa! Echaba de menos escuchar tu dulce voz. Qué sorpresa. —Sonreí por cómo se refería a mí. Me llamaba princesa desde que yo tenía uso de razón. Y ahora que tenía veinticuatro años no parecía molestarle lo más mínimo seguir utilizando ese apodo.

—Pensé en llamarte para variar. Te echo de menos.

—¿Va todo bien en Londres? ¿Tienes ganas de que lleguen los Juegos Olímpicos? ¿Cómo fue la exposición de Benny? ¿Te gustó cómo quedaron las fotos en los enormes cuadros?

Me reí.

—Eso han sido cuatro preguntas a la vez, papá. ¡Dale un respiro a esta chica, por fa!

—Lo siento, princesa. Es que estoy deseando saber de ti. Estás tan lejos y tan ocupada con tus cosas… Las pruebas que mandaste de tus fotos eran magníficas. Cuéntame cosas de la exposición de Benny.

—Bueno, fue todo un éxito. A Ben le fue muy bien y las fotos se vendieron. A mí también me han salido otros trabajos, así que me lo estoy tomando con calma y ya veremos adónde me lleva esto. —Me alegraba poder hablar con mi padre así y que apoyara mi trabajo como modelo. Él pensaba que era bueno para mí, no como mi madre, a la que le daba vergüenza que su hija posara sin ropa.

—Vas a ser famosa en todo el mundo —dijo—. Estoy orgulloso de ti, princesa. Creo que el trabajo de modelo te va a ayudar. Espero que tú también lo pienses. —Me pareció que sonaba un poco decaído, casi triste—. ¿Qué estás haciendo ahora?

—Estoy haciendo la cena. Tacos. Va a venir un amigo dentro de un rato. Papá, ¿va todo bien?

Dudó un momento antes de contestarme. Podía adivinar que tenía algo en la cabeza.

—Brynnie, ¿te has enterado de lo del avión que se estrelló y de la muerte del congresista Woodson?

—Sí. Era al que iban a nombrar vicepresidente, ¿no? Fue un notición aquí también. ¿Por qué, papá?

—¿Te has enterado de quién va a reemplazar a Woodson en las elecciones?

No me esperaba el nombre que me dijo. Y de repente el pasado se enarboló y me volvió a clavar las garras.

—¡Oh, no! *¡No* me digas que el senador Oakley ha conseguido la nominación! ¡Tienes que estar de broma si ese…, ese… *hombre* puede ser el próximo vicepresidente de Estados Unidos! ¿Cómo es posible que lo quieran a él? Papá…

—Lo sé, cariño. Ha ido escalando posiciones durante los últimos años. De senador estatal a senador de Estados Unidos.

—Sí, bueno, solo espero que fracase estrepitosamente.

—Brynnie, esto es serio. El partido en el poder investigará su pasado para encontrar trapos sucios de Oakley y de su familia. Quiero que tengas cuidado. Si alguien se pone en contacto contigo o te manda algo sospechoso, tienes que decírmelo de inmediato. Esta gente tiene los recursos para investigar en profundidad. Son como tiburones. Cuando huelen una gota de sangre preparan el ataque por la espalda.

—Bueno, el senador Oakley es el que tiene un hijo que parece la reencarnación del demonio. Yo diría que es él quien tiene un *grandísimo* problema.

—Lo sé, cariño. Y la gente de Oakley se esforzará al máximo por mantener los secretos de su familia bien enterrados. No es una situación agradable y odio que te encuentres tan lejos de casa. Sin embargo, creo que en este caso puede ser bueno que estés en Londres. No quiero que nadie te haga daño y cuanto más lejos estés, mejor. Sin historias dañinas que salgan a la luz en las noticias o… cualquier otra cosa.

Como un vídeo. Sabía que eso era lo que mi padre estaba pensando. Ese vídeo aún estaba flotando en algún lugar del ciberespacio.

—Te las estás arreglando muy bien, princesa. Te lo noto en la voz y eso hace sonreír a tu anciano padre. ¿Quién es ese amigo al que le estás haciendo la cena? ¿No será algo más?

Sonreí mientras mezclaba la salsa de maíz.

—Bueno, he conocido a alguien, papá. Es muy especial en muchos sentidos. Compró mi foto en la exposición de Benny. Así nos conocimos.

—¿De verdad?

—Sí. —Era raro estar hablándole a mi padre de Ethan así de repente. Tal vez porque nunca le había hablado mucho sobre novios. Había una razón para eso. Nunca había tenido por qué. No había querido tener uno durante mucho, mucho tiempo.

—Cuéntame más. ¿A qué se dedica? ¿Cuántos años tiene? Ah, y de paso me tienes que dar su teléfono. Necesito llamarle para explicarle las normas básicas a seguir con mi niña.

Solté una risa nerviosa.

—Bueno, creo que es un poco tarde para eso, papá. Ethan es muy especial como te he dicho. Pasamos mucho tiempo juntos. Realmente me escucha y me siento verdaderamente... feliz con él. Me entiende.

Mi padre se quedó callado un momento. Creo que estaba sorprendido de oírme hablar de un hombre como si de verdad me importara. Y a mí tampoco me debería haber sorprendido demasiado su reacción. Ethan era el primero después de muchísimo tiempo.

—¿Cuál es el apellido de Ethan y a qué se dedica?

—Blackstone. Tiene treinta y dos años y es propietario de una empresa privada de seguridad. Está tan paranoico que me ha puesto un chófer para que no tenga que coger el metro. Toda la afluencia de gente por los Juegos Olímpicos le tiene de los nervios. Así que no debes preocuparte por mi seguridad. Ethan es un profesional.

—Vaya, eso suena serio. ¿Os estáis…, os estáis acostan…, tenéis una relación?

Me reí otra vez, aunque en esta ocasión me daba pena mi padre porque era más que obvio que se sentía incómodo.

—Sí, papá. Tenemos una relación. Te he dicho que este era especial. —Esperé en silencio al otro lado del teléfono y empecé a calentar las tortillas—. De hecho, ganó algunos grandes torneos de póquer en Estados Unidos hará unos seis años. Pensé que a lo mejor habrías oído hablar de él.

—Mmmmm —dijo entre dientes—. Puede ser, tengo que comprobarlo. —Escuché unas voces de fondo.

—Te dejo que me cuelgues, papá. Estás trabajando y yo solo quería decirte hola y contarte qué tal mi vida últimamente. Me va muy bien.

—Vale, princesa. Me alegro mucho de que me hayas llamado. Y soy feliz si mi niña es feliz. Cuídate y dile a tu nuevo novio que si te hace daño es novio *muerto*. No lo olvides. Y dale mi número también. Dile que tu padre quiere tener una conversación con él de hombre a hombre. Podemos hablar de póquer.

Me reí.

—Claro. Lo haré, papá. ¡Te quiero!

Ethan llegó justo cuando estaba a punto de colgar. Traía un paquete de seis cervezas Dos Equis y una sonrisa de depredador en la cara. Le había dado mi llave a Neil para que se la pasara a Ethan y así pudiera abrir la puerta del portal. Dejó caer la llave y las cervezas en la encimera antes de preguntar.

—¿Te he escuchado decirle a alguien que le quieres?

Sonreí de oreja a oreja y asentí despacio con la cabeza.

—Además era un hombre.

Se puso detrás de mí en la encimera con las manos en mis hombros y empezó a darme un masaje. Me apoyé en su cuerpo firme y disfruté del masaje.

—Ese tío tiene mucha suerte entonces. Me pregunto qué habrá hecho para ser tan especial. —Echó un vistazo a la comida separada en cuencos y pilló un trozo de pollo—. Mmmmm —dijo mientras lo saboreaba con su boca en mi cuello.

—Bueno, me ha leído cuentos por la noche. Me ha cepillado el pelo recién lavado sin darme tirones ni hacerme daño. Me ha enseñado a montar en bici y a nadar. Siempre me daba besos en las pupas cuando me hacía un rasguño y, lo más importante de todo, ha abierto la cartera frecuentemente, aunque eso no fue hasta años después.

Ethan gruñó.

—Yo puedo hacer todo eso por ti y muchas más cosas. —Robó otro trozo de pollo—. En especial lo de *muchas más* cosas.

Le di un golpe en la mano.

—¡Ladrón!

—Eres buena cocinera —murmuró contra mi oído—. Creo que debo conservarte.

—Así que te gusta mi cena mexicana. Veo que has querido estar a tono y has traído Dos Equis. Buena jugada, Blackstone. Tienes potencial. —Empecé a llevar los cuencos a la mesa.

—¿Dos Equis es de México? —Hizo un ruido y se encogió de hombros—. Solo la he elegido porque me gustan los anuncios… El hombre más interesante del mundo. —Sonrió de oreja a oreja malévolamente y me ayudó a llevar el resto de la comida.

—Un mentiroso y un ladrón. —Negué con la cabeza con tristeza—. Te acabas de cargar todo tu potencial, Blackstone.

—Luego te haré cambiar de idea, estoy seguro, Bennett. —Me sonrió desde el fregadero, donde se lavó las manos a toda prisa y luego abrió dos cervezas—. Tengo *potencial* en abundancia —dijo arqueando las cejas. Ethan me entregó mi Dos Equis y echó una ojeada a todo lo que había en la mesa, examinándolo con la cabeza inclinada—. Ayúdame con esto. ¿Cómo monto los tacos de pollo? Que por cierto, huelen muy bien…

No pude evitar reírme de él. La forma en la que dijo «tacos» con su acento británico me hizo desternillarme. Y cómo formuló la pregunta, también. Simplemente me hizo reír.

—¿Qué es tan gracioso? ¿Te estoy divirtiendo, señorita Bennett?

—Dame, déjame arreglarlo. —Le enseñé cómo poner algo de pollo, la salsa de maíz, una pizca de crema agria, queso rallado espolvoreado y un par de rodajas de aguacate en la tortilla y doblarla—. Es que eres monísimo, eso es todo, señor Blackstone. Ese acento tuyo a veces me hace reír. —Le pasé su taco en el plato.

—Ahhh, así que he pasado de perder todo mi potencial a monísimo en cuestión de segundos. Y solo por hablar. —Cogió el plato y esperó a que me preparase el mío—. Tendré que recordar eso, nena. —Me dedicó una de sus maravillosas sonrisas y le dio un sorbo a la cerveza.

—Adelante, dale un mordisco. Dame tu veredicto y recuerda que *sabré* si me mientes. —Me di un golpecito en la cabeza—. Súper poderes de deducción. —Cogí mi taco y le di un mordisco, gimiendo con exageradísimos sonidos de placer y echando el cuello hacia atrás—. Tan delicioso que me he puesto cachonda —ronroneé en la mesa.

Ethan me miró como si me hubiesen salido cuernos de diablo y tragó saliva. Sabía que se vengaría de mí más tarde por la provocación despiadada. No me importaba. Ethan era divertido. Nos lo pasábamos bien juntos y eso era parte de lo que me enamoraba de él. Enamorada. ¿Estaba enamorada de Ethan?

Se llevó el taco a la boca y dio un mordisco. Me miró fijamente mientras masticaba y tragó. Se limpió la boca con una servilleta y miró hacia arriba contemplativo, fingiendo contar con los dedos. Le dio otro sorbo a la cerveza.

—Bueno, vamos a ver…—Centró su atención en mí—. Chef Bennett, te doy un cinco en ejecución. Reírte de mí te ha restado cinco puntos de entrada. Creo que un seis en presentación; todos esos gemidos y empujones en la mesa han sido un poco crueles, ¿no crees? Y nueve con cinco en sabor. —Dio otro mordisco y sonrió—. ¿Qué tal lo he hecho?

Estaba tan guapo sentado ahí a mi mesa, comiéndose los tacos que yo había hecho, diciéndome con dulzura que le gustaba cómo cocinaba y siendo simplemente Ethan, que supe la respuesta a mi pregunta en un instante. ¿Estaba enamorada de Ethan? *Sí. Estoy enamorada de él.*

Capítulo
12

Darle una sorpresa a Ethan en su oficina me pareció una buena idea, pero no estaba dispuesta a hacerlo sin algo de ayuda. Primero conseguí la colaboración de Elaina. Me caía muy bien. Parecía honrada y muy sincera, cualidades que yo respetaba en las personas. Además, estaba comprometida con Neil. Me enteré después de empezar a quedarme a dormir en casa de Ethan. Una mañana, cuando llegamos a los ascensores para irnos a trabajar, vi a Elaina y Neil salir del apartamento de enfrente cogidos de la mano. Ethan se percató de mi sorpresa y me dijo que se iban a casar en otoño.

Me tranquilizó que Elaina no se pusiese celosa porque su prometido me llevara en coche por Londres. Creo que se alegraba de que Ethan tuviese novia. Me di cuenta de que sus empleados realmente parecían preocuparse por él. Y eso también me gustaba.

—Hola, Elaina, soy Brynne.

—Hola, Brynne. ¿Por qué no le has llamado al móvil? —Chica lista, Elaina, siempre estaba al tanto de la logística.

—Estaba pensando en sorprenderle con el almuerzo. ¿Puedes mirar su agenda por mí?

Escuché pasar páginas y luego me puso en espera.

—Hoy está en la oficina. Ocupado con conferencias telefónicas y esas cosas, pero no tiene citas en su agenda.

—Gracias, Elaina. Se lo habría preguntado directamente a Frances, pero Ethan la tiene por el altavoz y me escucha cuando llamo, así que no puedo darle una sorpresa. ¿Quieres que os lleve algo a vosotros de King's Delicatessen? Voy a comprar unos sándwiches y estaba pensando si podrías hacer que Frances le dijera a Ethan que va a pedir algo de comida y así no sabrá que hoy la encargada del almuerzo soy yo.

Elaina se rio y me puso en espera otra vez mientras recogía los pedidos de comida de los demás.

—Frances me ha dicho que te comente que le gusta tu estilo, Brynne. Mantener al jefe alerta es bueno para él.

—Yo también lo creo —respondí mientras anotaba los pedidos—. Gracias por tu ayuda; estaré ahí en menos de una hora.

Colgamos y llamé a la tienda para pedir la comida, y luego a Neil para que me llevara. Ordené mis cosas y organicé lo que necesitaba mientras esperaba. Ya había terminado por hoy y no volvería en casi una semana. Los exámenes finales se acercaban y tenía que estudiar. Mi plan era refugiarme en casa de Ethan e hincar los codos mientras él trabajaba, utilizar su gimnasio casero y su magnífica cafetera y, básicamente, desaparecer una temporada. Necesitaba tiempo para mí y también para sacar buenas notas.

Le eché un último vistazo a *Lady Percival* y sentí un arrebato de orgullo. Había quedado muy bien y lo mejor era que ahora sabía el nombre del libro que tenía en la mano. Ethan me había ayudado a resolver el misterio cuando me trajo al trabajo una mañana y le invité a entrar.

El libro que sostenía mi misteriosa dama era de hecho tan especial y tan poco común que la exposición Mallerton quería incluirla en su muestra a pesar de que se encontraba muy lejos de estar bien restaurada. Querían exponerla como ejemplo de cómo pueden revelarse partes del pasado con una adecuada restauración y limpieza. El descubrimiento de lo que sostenía en la mano también destacó la procedencia del artista en general. Sir Tristan Mallerton ahora disfrutaba de un nuevo despertar de interés renovado y divulgación a pesar de llevar muerto muchísimo tiempo.

Mi teléfono sonó con un mensaje de Neil. Me estaba esperando fuera, así que cogí mis cosas y me fui, diciéndole adiós con la mano a Rory al salir.

Neil me ayudó con la comida y utilizó la tarjeta de crédito de la empresa para pagarlo todo, por lo que se ganó que le fulminara con la mirada.

—Bueno, él cree que Frances ha pedido el almuerzo y así es como lo hace siempre. Si pagas se pondrá de muy mala leche cuando se entere —dijo Neil.

—¿Siempre ha sido tan controlador, Neil? —pregunté una vez que volvimos al coche y nos pusimos en camino. Neil y yo nos entendíamos bien. Respetábamos la posición y las necesidades del otro para que la relación funcionara.

—No. —Neil negó con la cabeza—. Desde que E salió de las FE es un tipo muy duro. La guerra cambia a todos los que se acercan demasiado a ella. E se acercó de lleno y salió con vida. Es un milagro andante.

—He visto sus cicatrices —dije.

—¿Te ha contado lo que pasó en Afganistán? —Neil me miró por el retrovisor.

—No —contesté sinceramente, sabedora de que Neil dejaría de darme información y que estaría tan lejos de conocer el pasado de Ethan como él de saber el mío.

Elaina nos ayudó a repartir la comida a cada uno y Frances me condujo hasta el sanctasanctórum de Ethan con cara de satisfacción y cerró la puerta. Él estaba al teléfono.

Mi guapísimo chico estaba ocupado, pero aun así me tendió la mano. Dejé los sándwiches en su escritorio y fui hacia él. Me rodeó con el brazo y me empujó hacia su regazo, todavía atendiendo su llamada de negocios.

—Está bien, lo sé. Pero diles a esos estúpidos que Blackstone representa a la familia real y que cuando Su Majestad aparezca en la ceremonia de inauguración para dar su bendición, no habrá ni una puta salida desatendida. Punto. No es negociable…

Ethan continuó hablando y yo empecé a quitarle el envoltorio a su almuerzo. Movió la mano hacia arriba hasta mi nuca y la masajeó. Era una sensación divina que me tocara incluso cuando era más que evidente que estaba terriblemente ocupado.

Puse su comida en un plato y luego desenvolví la mía. Le di un bocado a mi sándwich de ensalada de pollo en pan integral mientras me masajeaba el cuello. Cualquier chica podría acostumbrarse a esto, en serio. Ethan era muy cariñoso y me encantaba que quisiera tocarme todo el tiempo. Mi chico sobón. Casi me había comido medio sándwich cuando terminó la llamada.

Sus dos manos me alcanzaron y me dieron la vuelta, aún en su regazo. Me dio un buen beso y gemí.

—Por fin. A veces es como hablarle a la pared —refunfuñó. Me sonrió y miró el plato—. Me has traído un almuerzo delicioso…, tan delicioso como tú.

Le respondí con una sonrisa.

—Sí.

—¿Qué debería devorar primero: el sándwich o a ti?

Arqueó las cejas y sus manos recorrieron mi costado por encima del jersey.

—Creo que será mejor que devores el sándwich antes de que te llamen otra vez —le dije.

Sonó el teléfono.

Frunció el ceño y se resignó. Aunque la segunda llamada fue relativamente rápida y Ethan se las arregló para empezar su sándwich de carne asada en pan de centeno, enseguida llegó la tercera. Pasó esa llamada por el altavoz para poder comer y conversar al mismo tiempo. No muy elegante, pero funcionó.

Me bastaba con sentarme con él y escuchar sus asuntos de trabajo mientras me pasaba la mano suavemente por la espalda. Ethan hizo que me alegrase de haberme pasado a verle aunque este no fuese un almuerzo en el que pudiéramos socializar mucho. No era un buen momento para estar juntos. No se me ocurre una situación en la que su trabajo pudiese ser más complicado que en esta ocasión en que los Juegos Olímpicos se acercaban y Londres iba a ser la sede de toda esa locura. Debería haberme mandado una nota que dijera: «Acabo de comprar tu retrato y me gustaría conocerte… algún día a mediados de agosto».

Dejó el teléfono en modo altavoz y nos las arreglamos para darnos unos cuantos besos rápidos entre llamadas y bocados, pero pronto se acabaría la hora de comer y la justificación de mi visita.

—Debería irme, Ethan. —Le besé y empecé a levantarme.

—No. —Me sujetó en su regazo—. No quiero que te vayas todavía. Me gusta tenerte aquí conmigo. Me tranquilizas, nena. —Apoyó la cabeza sobre la mía—. Eres mi rayo de luz en una niebla de ignorancia y frustración.

—¿De verdad? ¿Te gusta que venga y te complique el día y te obligue a comer? —Jugueteé con el alfiler de su corbata y se la alisé—. Estás muy ocupado con tu trabajo y te estoy interrumpiendo.

—No, no me interrumpes. —Me pasó los labios por el cuello—. Me demuestras que te importo —dijo en voz baja.

—Me importas, Ethan —respondí con un susurro.

—Entonces ¿te quedas un rato?

¿Cómo podía decirle que no cuando era tan dulce conmigo?

—Bueno, solo una hora más. Pero luego de verdad me tengo que ir. Tengo que pasar por mi apartamento a coger unas cosas. Tengo que estudiar para los exámenes y quiero hacer un poco de ejercicio. No eres el único que está ocupado. —Le pellizqué la barbilla y le hice sonreír.

—Quiero ocuparme de ti ahora mismo, aquí, en mi escritorio —gruñó mientras me levantaba del suelo y me sentaba sobre su gran mesa de ejecutivo.

Di un chillido cuando se abalanzó sobre mí y me abrió las piernas con la cadera para poder colocarse entre ellas.

—¡Ethan! ¡Estás trabajando! ¡No podemos!

Metió la mano debajo de la mesa y escuché el clic de la puerta al cerrarse con llave.

—Te deseo tanto ahora mismo… Te necesito, Brynne, por favor…

Tras ponerse encima de mí, me agarró, me echó hacia atrás en la mesa y empujó fuerte contra mi sexo. Dejé que tirara de mí y me deslizara hasta el borde, mientras mi cuerpo se relajaba y se encendía. Sus largos dedos se abrieron camino hasta mis bragas con decisión y me las bajaron por las piernas, por encima de las botas, y las tiraron en algún lugar del suelo de su oficina. Me había dado cuenta de que definitivamente Ethan era un oportunista cada vez que decidía ponerme falda.

—Estás loco —murmuré, sin importarme ya que estuviésemos a punto de follar en su escritorio en mitad de su despacho.

—Loco por ti —dijo, mientras me toqueteaba el clítoris y hacía que me excitara. Escuché el tintineo de su cinturón y luego de su cremallera. Y entonces se hundió en mí con ese delicioso calor, de manera lenta y profunda.

Se inclinó hacia mí y me cogió la cara con las dos manos. Me besó con fuerza, metiéndome la lengua en la boca como le gustaba hacer. Ethan tenía el control durante el sexo. Quería tener la lengua y los dedos y su sexo dentro de mí, todo al mismo tiempo. Como si de esa forma pudiese reclamarme completamente. No sé por qué, pero era su forma de hacerlo. Y me encantaba. Se trataba de una forma sincera y totalmente directa. Sabía lo que pasaría entre Ethan y yo y siempre acababa en un orgasmo que me dejaba temblando.

Ethan empezó a moverse y yo hice lo mismo. De manera salvaje. Estábamos totalmente desenfrenados y follando apasionadamente encima de su escritorio cuando sonó el teléfono. Lo había dejado en modo altavoz.

—No lo cojas —jadeé, casi a punto de llegar al orgasmo.

—Ni de coña —gruñó mientras me embestía más rápido y su verga se hinchaba hasta ponerse más dura que el metal justo antes de correrse.

Deslizó sus dedos mágicos sobre mi clítoris y quise morir de placer, tanto que me tuve que morder el labio para no gritar. Ethan no se quedó atrás. Me tapó la boca con la suya para evitar que ninguno de los dos gritara y me inundó con su orgasmo.

La llamada sin contestar pasó al buzón de voz, pero el altavoz seguía activado.

—Ethan Blackstone no está disponible. Por favor, deje su mensaje y su número…

Sonó el pitido mientras jadeábamos, nuestras caras a solo unos centímetros. Le sonreí. Me arregló el pelo con dulzura y me besó como lo haría un enamorado. Sentí que le importaba. Así es como me hacía sentir.

—Eres un gilipollas, Blackstone. ¡Te he contratado para que protejas a mi hija, no para que te la tires! Lo ha pasado muy mal y lo último que necesita es que la vuelvan a traicionar y a romper el corazón. Por cómo habla de ti creo que está enamorada.

Ethan forcejeó con el teléfono para colgar pero era demasiado tarde. Había escuchado la voz de mi propio padre al teléfono. Lo entendí…, entendí la verdad sobre Ethan y yo. Le di un empujón e intenté quitármelo de encima.

—¡Brynne, no! Por favor, déjame que te lo explique…

Estaba blanco como la pared y totalmente aterrorizado mientras me sujetaba debajo de él, nuestros cuerpos todavía unidos.

—Aparta. ¡Saca la polla de mi cuerpo y deja que me vaya, mentiroso hijo de puta!

Me sujetó contra él, mirándome a los ojos.

—Nena…, escúchame. Te lo iba a decir, iba a hacerlo hace mucho tiempo, pero no quería sacar a relucir tus malos recuerdos. No quería herirte…

—Suéltame. Ahora.

—Por favor, no te vayas. Brynne, yo…, yo… no quería hacerte daño sino protegerte de los recuerdos. Ahí fuera hay una amenaza para tu seguridad…, y entonces te conocí… y no pude evitar desearte. No podía separarme de ti. —Intentó besarme.

Aparté la cara y cerré los ojos. Toda la confianza que tenía en ese hombre había desaparecido. En su lugar un terrible dolor llenó mi corazón. Él lo sabía. Sabía todo lo que me había pasado. Probablemente había visto el vídeo. ¿Y ahora había gente que quería hacerme daño? ¿Por qué? Le contrató mi padre y durante este tiempo él lo ha sabido todo y yo no. ¿Cómo había podido? ¿Cómo podía ser que el Ethan del que me había enamorado me hubiera traicionado así?

—Waterloo. —Me giré y le miré fijamente.

—No…, no…, no —gritó—. No, por favor, Brynne. —Agitó la cabeza de un lado a otro, sus ojos completamente desolados.

—He dicho Waterloo, Ethan. Y si no me sueltas, gritaré hasta que se venga abajo el edificio —Hablé claro y sin perder el control mientras mi corazón se endurecía hasta volverse una coraza. *Una coraza contra Ethan Blackstone.*

Se apartó y me ayudó a sentarme. Bajé de la mesa de un salto y me lancé hacia el bolso. Él se subió la cremallera y lo volvió a intentar.

—Brynne, nena, te…, te quiero. Te quiero muchísimo; haría cualquier cosa por no hacerte daño. Lo siento, lo siento, lo siento mucho, joder.

Intenté salir por la puerta pero estaba cerrada con llave.

—Abre —exigí.

—¿Has oído lo que te he dicho?

Le miré y asentí con la cabeza.

—Abre la puerta para que me pueda ir —hablé muy serena, sorprendida de no estar derrumbada en el suelo llorando como una magdalena. Solo necesitaba salir de ahí y llegar a mi apartamento. Tenía un objetivo y era huir a un lugar seguro.

Se frotó la cabeza, miró hacia abajo y entonces se acercó a la mesa y apretó el botón o lo que fuese que me retenía allí dentro. Escuché el clic y me fui de allí.

—Gracias por el almuerzo tan delicioso, querida —me gritó Frances mientras escapaba.

Le dije adiós con la mano pero fui incapaz de hablar. Solo salí de allí. Iba con el bolso y sin ropa interior, pero no iba a volver a buscarla. *Solo sal de aquí y vete a casa…, sal de aquí y vete a casa…, sal de aquí…*

Oh, Dios mío, estaba dejando a Ethan. Habíamos terminado. Me había mentido y ya no podía confiar en él. Había dicho que me quería. ¿Es eso lo que hacen los enamorados? ¿Mentir?

Tampoco hablé con Elaina en recepción cuando me dirigí a los ascensores. Pulsé el botón y me di cuenta de que él se encontraba justo detrás de mí. Ethan me había seguido pero aun así no me vine abajo.

—Brynne…, nena, por favor, no te vayas así. Dios, la he cagado. Te quiero. Por favor…

Me puso la mano en el hombro y me estremecí.

—No, no me quieres. —Eso fue todo lo que pude decir.

—¡Sí que te quiero! —gritó, con una voz cada vez más enfadada—. Puedes dejarme pero seguiré protegiéndote. ¡Seguiré cuidando de ti para asegurarme de que estás a salvo y de que nadie puede hacerte daño!

—¿Y si eres tú el que me hace daño? —le espeté—. Y estás despedido, Ethan. No vuelvas a ponerte en contacto conmigo. —El ascensor sonó y se abrieron las puertas. Entré y me volví hacia él.

Se llevó las manos a la cabeza y abrió la boca en un gesto de súplica que revelaba que estaba sufriendo. No tanto como yo, pero parecía estar hecho polvo y desesperado.

—Brynne…, no lo hagas —suplicó mientras las puertas empezaron a cerrarse y a dejarme sola.

Escuché un fuerte golpe acompañado del grito de una palabrota totalmente ininteligible mientras el ascensor empezaba a bajar hasta la calle, donde cogería un taxi para que me llevara a mi apartamento. Donde me derrumbaría en cuanto entrara, y donde me arrastraría hasta la cama y me acurrucaría e intentaría olvidarle. A Ethan Blackstone. Estaba condenada al fracaso. Lo sabía. Nunca podría olvidar a Ethan. Nunca.

Fin

Agradecimientos

Siento que debo compartir con mis lectores cómo surgió la idea de *Desnuda*. Nunca sabes qué te va a impulsar a escribir una historia, y en mi caso el foco de inspiración de *El affaire Blackstone* fue una sorpresa total. Mientras buscaba imágenes de archivo una tarde para la cubierta de otra novela, me topé con la foto de una mujer desnuda en una postura sugerente. En una hora tenía escrito el primer capítulo en el que Brynne, la modelo, conocía a Ethan, el hombre que acababa de comprar su retrato desnuda. En este punto, la historia me tenía atrapada y estaba completamente inmersa en ella. Tuve que apartar a un lado mis otros proyectos para poder dedicar todo mi tiempo a escribir esta nueva serie. Y considero que es una bendición porque encontrar esa fotografía ese día me empujó a crear este fascinante mundo y estos personajes tan especiales de *El affaire Blackstone*. Me encanta poder inventarme a los protagonistas de mis libros. Gracias a Kim Killion de Hot Damn Designs por crear la cubierta que acompaña a esta historia ¡Me encanta! Y a Kathe por encontrar la tipografía. No paró hasta que dio con ella.

Una vez dicho esto quiero dar las gracias a unas cuantas personas por sus amables palabras, ayuda, apoyo, preguntas, consejos, entusiasmo, palmaditas en la espalda, por estar a mi lado, por sus halagos y por su amistad sincera, ya que sin eso no podría compartir este libro ni escribir sería algo que me apasionase tanto. Así que gracias a Franzi, Bels, Stacie, Angel, Lisa, Kristy, TJ, Rebecca, Donna, Ai-vy, Mandy, Melina, Rhonda, Lacey, Sherie, Sarah, Carolyn, Kristin, Michelle, Colleen y a mis tres chicos *Mua*.

Os quiero mucho y os respeto más.

RAINE

U<small>N FRUTO PROHIBIDO ESPECIALMENTE</small>
TENTADOR… MORDERLO ES DELICIOSO.
L<small>A TRILOGÍA ERÓTICA</small> «E<small>L AFFAIRE</small> B<small>LACKSTONE</small>»
TE ATRAPARÁ Y TE SEDUCIRÁ,
Y SERÁ EL MEJOR DE TUS RECUERDOS.

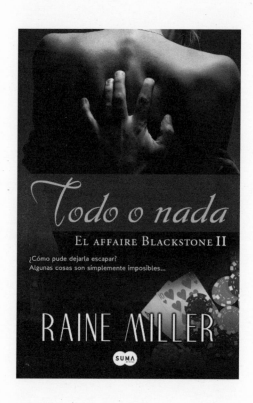

RAINE MILLER

es americana y vive en California. Profesora en un colegio durante el día, su tiempo libre lo dedica a escribir novelas románticas. Está casada y tiene dos hijos que saben que escribe pero que nunca han mostrado mucho interés en leer sus libros. Antes de Desnuda, Miller escribió dos romances históricos, The Undoing of a Libertine y His Perfect Passion.

www.rainemiller.com

Suma de Letras es un sello editorial del Grupo Santillana

www.sumadeletras.com

Argentina
Avda. Leandro N. Alem, 720
C 1001 AAP Buenos Aires
Tel. (54 114) 119 50 00
Fax (54 114) 912 74 40

Bolivia
Calacoto, calle 13, 8078
La Paz
Tel. (591 2) 279 22 78
Fax (591 2) 277 10 56

Chile
Dr. Aníbal Ariztía, 1444
Providencia
Santiago de Chile
Tel. (56 2) 384 30 00
Fax (56 2) 384 30 60

Colombia
Carrera 11 A, n.º 98-50. Oficina 501
Bogotá. Colombia
Tel. (57 1) 705 77 77
Fax (57 1) 236 93 82

Costa Rica
La Uruca
Del Edificio de Aviación Civil 200 m al Oeste
San José de Costa Rica
Tel. (506) 22 20 42 42 y 25 20 05 05
Fax (506) 22 20 13 20

Ecuador
Avda. Eloy Alfaro, 33-3470 y Avda. 6 de
Diciembre
Quito
Tel. (593 2) 244 66 56 y 244 21 54
Fax (593 2) 244 87 91

El Salvador
Siemens, 51
Zona Industrial Santa Elena
Antiguo Cuscatlan - La Libertad
Tel. (503) 2 505 89 y 2 289 89 20
Fax (503) 2 278 60 66

España
Avenida de los Artesanos, 6
28760 Tres Cantos (Madrid)
Tel. (34 91) 744 90 60
Fax (34 91) 744 92 24

Estados Unidos
2023 N.W 84th Avenue
Doral, FL 33122
Tel. (1 305) 591 95 22 y 591 22 32
Fax (1 305) 591 74 73

Guatemala
26 Avda. 2-20
Zona 14
Guatemala C.A.
Tel. (502) 24 29 43 00
Fax (502) 24 29 43 03

Honduras
Colonia Tepeyac Contigua a Banco Cuscatlan
Boulevard Juan Pablo, frente al Templo
Adventista 7º Día, Casa 1626
Tegucigalpa
Tel. (504) 239 98 84

México
Avda. Río Mixcoac, 274
Colonia Acacias
03240 Benito Juárez
México D.F.
Tel. (52 5) 554 20 75 30
Fax (52 5) 556 01 10 67

Panamá
Vía Transísmica, Urb. Industrial Orillac,
Calle Segunda, local 9
Ciudad de Panamá
Tel. (507) 261 29 95

Paraguay
Avda. Venezuela, 276,
entre Mariscal López y España
Asunción
Tel./fax (595 21) 213 294 y 214 983

Perú
Avda. Primavera, 2160
Surco
Lima 33
Tel. (51 1) 313 40 00
Fax. (51 1) 313 40 01

Puerto Rico
Avda. Roosevelt, 1506
Guaynabo 00968
Puerto Rico
Tel. (1 787) 781 98 00
Fax (1 787) 782 61 49

República Dominicana
Juan Sánchez Ramírez, 9
Gazcue
Santo Domingo R.D.
Tel. (1809) 682 13 82 y 221 08 70
Fax (1809) 689 10 22

Uruguay
Juan Manuel Blanes, 1132
11200 Montevideo
Tel. (598 2) 402 73 42 y 402 72 71
Fax (598 2) 401 51 86

Venezuela
Avda. Rómulo Gallegos
Edificio Zulia, 1º - Sector Monte Cristo
Boleita Norte
Caracas
Tel. (58 212) 235 30 33
Fax (58 212) 239 10 51